新・御宿かわせみ

千春の婚礼

平岩弓枝

文藝春秋

目次

装丁・口絵・挿絵　蓬田やすひろ

千春《ちはる》の婚礼《こんれい》

新・御宿かわせみ

宇治川屋の姉妹

一

大川端の旅宿「かわせみ」の庭に一本だけある朴《ほお》の木に淡黄色の花が開いているのをみつけたのは、神林千春《かみばやしちはる》であった。

「母様、下駄の木の花が咲いてますよ」

童女の頃と変らない明るい大声が「かわせみ」中に響き渡って、るいは縁側に出て娘を手招いた。

「静かになさい。まだお休みのお客様もあるかも知れないのに……」

眉をひそめている母親に対して娘は肩を聳《そび》やかした。

「大丈夫。さっきお晴《はる》が梅の間にお運びしたのが今日、最後の朝の御膳ですもの。皆さん、とっくにお目ざめですよ」

　ぴょんぴょんと兎跳《うさぎと》びをしながら縁側へ戻って来る。

「そうかも知れないけれど……朴の木を下駄の木なぞというのはおよしなさい。物笑いの種になります」

「でも、下駄の歯は朴の木で作るのでしょう。いつか、麻太郎《あさたろう》兄様が教えて下さいました」

「千春……」

　るいがいつもより厳しい声でたしなめた。

「そんなふうに口答えをする癖は大急ぎで改めて下さいね。嫁入りして忽ち清野《すがの》様に愛想を尽かされますよ」

　娘はたじろがなかった。

「凜太郎《りんたろう》様がおっしゃいました。千春があちらのお屋敷へ伺うと家の中が明るくなるんですって。お仕えしている方達も皆さん、そういって喜んで下さるそうで、千春のことをお陽《ひ》さまみたいだと……」

「そんなお陽さまがあるものですか。お天道さまが御立腹なさいますよ」

　庭先から、それこそ太陽のような男の声が聞えた。

「小母様、千春さん、こいつをどうにかしてくれないか。ぐにょぐにょ動きっぱなしで持ちにくいのなんの……」

片手に風呂敷包、もう一方の手に白っぽい大きな布袋を下げている。

千春が近づいて、袋を外から眺めた。

「何が入っているのですか」

「泥鰌《どじょう》だといっていたが……」

「泥鰌ですって」

「その先で麻太郎君に出会ったんだ。患者の家でもらったとかで、もう一軒廻るから、ここへ持って行ってくれと頼まれてね」

千春が笑い出し、るいは奥へ声をかけながら、とりあえず、凜太郎から布袋を受け取った。成程、重くて持ちにくい。

走って来た正吉《しょうきち》がるいに替って布袋を取り凜太郎に挨拶をする。

「まあ、なんでございますって。泥鰌をお持ち下さいましたんですか。それじゃ早速、柳川鍋にして……」

続いて出て来たお吉《きち》が相変らずの派手な声を上げ、立て続けにお辞儀をするのに、麻太郎からことづかって来たと説明してから、凜太郎は千春と共に、勝手知ったる「かわせみ」の女主人の居間へ上って行く。

その後姿を見送りながら、るいは思わず微笑していた。

類は友を呼ぶというけれども、凜太郎の、なんと麻太郎に似ていることか。そしてそれは若き日の神林東吾《とうご》を彷彿《ほうふつ》とさせる。

麻太郎という異母兄の他には男友達の一人もいなかった千春が、凜太郎に心惹かれ、夫婦になりたいと願った気持の奥底にあるものをかいま見たようで、るいは自分が納得し、安心しているのに気づいた。

そんなことがあった翌日、るいが京橋の長崎屋へ出かけたのは、千春の髪飾りを買うためであった。

すでに嫁入り道具の大方は整っていたが、髪飾りだけはどこの店で求めたものかと迷って、日頃、親しくしている畝源太郎《うねげんたろう》の母のお千絵《ちえ》に相談したところ、

「髪飾りなら、銀座の長崎屋がいいものを扱っていますよ。あちらのご主人とは旧幕の頃から何かとおつき合いがありますから、おるい様がよろしければ御一緒します」

勿論、気に入ったものがなければ何も買わなくても一向にかまいませんから、といってくれた。

お千絵は実家が蔵前の札差業をしていて、自分が町方同心の畝源三郎《げんざぶろう》に嫁いだ後も他界した両親に代って、忠義者の番頭や手代に助けられながら商売を続けて来たが、御一新になってからは、日本橋の近くで「和洋堂」という古美術商をしている。一人娘で父親が大事に育てたので少々、おっとり、のんびりといった性格だが、商才があり、古くからの奉公人が気を揃えて働いているので今のところ、商売は繁昌しているし、良い贔屓客も数多く持ってい

る。

ただ、息子の源太郎はそういった母親の時流に乗った生き方にいささか抵抗があって早くから独立し、お千代《ちよ》は娘のお千代と二人暮しであった。もっとも、亡夫の源三郎が実直な性格で下の者に対し情の厚い男であったから、同心時代に彼の下で働いていた者達が何かあればすぐかけつけて来る。

なかでも、深川佐賀町の蕎麦屋、長寿庵の長助《ちょうすけ》は畝家の股肱《ここう》の臣といった恰好で、主人の忘れがたみの源太郎に対しては微に入り細にわたって心くばりを忘れない。

従って、畝家はお千絵母子が経営する「和洋堂」と、源太郎、花世《はなよ》夫婦に忠勤をはげんでいる長助と二つに分れた感じではあるが、喧嘩別れをしたのではないから、るいにしても昔の通りにお千絵とつき合い、その一方で麻太郎や花世を通して源太郎にも配慮している。

なんにせよ、その日、約束の時間にお千絵の店をるいが訪ね、揃って長崎屋へ行った。

長崎屋はその屋号の通り、長崎で鼈甲《べっこう》や珊瑚細工を専門に扱っている老舗で御一新後に東京に出店をかまえたのだが、伝統的な細工の他に、新奇な柄を櫛や簪《かんざし》に取り入れて、それも人気を呼んでいる。

お千絵は時折、この店で買い物をするらしく、顔馴染の主人が自らあれこれと品物を出してくれて、結局、二人がかりで選んだのは飴色《あめいろ》の鼈甲に南天の模様が、実は珊瑚を、葉は翡翠を打ち込んだ櫛で、

「これなら、千春さんもきっと気に入ってくれますよ」

とお千絵が太鼓判を捺《お》し、それとは別に、松竹梅を金細工に組み入れた簪を、

「ささやかですけれど、私からのお祝に……」

と贈ってくれた。

「立派なものを頂いて申しわけありません。千春がどんなに喜びますことか」

とるいが礼をいったように、帰りに「かわせみ」に立ち寄ったお千絵の手から受け取って、千春は暫くは声も出ないほど感激した。

「嬉しい。一生、大事にします」

涙ぐみ、言葉を絞り出すようにして頭を下げた千春の様子に満足してお千絵が帰り、入れ替りのように麻太郎と凜太郎がやって来て、千春がその二品を披露した。

「これは素晴しい。挿してごらんよ」

麻太郎がいい出して、自分が櫛を取って千春の前髪に挿す。簪は凜太郎に渡した。

「これは、未来の御亭主どのの番だぞ」

照れくさそうに受け取り、そこじゃない、このあたりだ、もっとしっかり挿し込むようにしろと、さも判ったような助言をする麻太郎の言葉を真面目に聞き、言われた通り、丁寧に、慎重にと挿している凜太郎を眺めて、るいはひそかに胸を熱くした。

その昔、自分にもこんな日があったと思う。

軍艦操練所や講武所へ出仕するようになって、まとまった給金が出たりすると、るいを伴って呉服屋へ行ったりして好きなものを選べと嬉しそうな顔でいってくれた夫の声が耳許に甦って来るようで涙が滲みそうになってくる。

もし、夫がここに居たら、未来の聟どのに嫉妬するのではないかと、それも新しい涙を誘うのをさりげなく指先で払いのけ、茶の支度をしている母親を、千春は見ないふりをして、しっかり瞼の中に入れていた。

で、夜が更けて母子二人になった居間で櫛の包みを千春が母親の前に置いた。

「これは母様がお使いになって下さい。その代り、母様の櫛を一枚、千春に下さい」

どこか固くなった感じの娘を、るいは穏やかにみつめた。

「いいえ。頂きません。母様のもあげません。何故なら母様の髪飾りはみんな貴方の父様から頂いた思い出の品ですもの。生きている中《うち》は誰にもあげません」

「お母様ったら……」

視線が合って、母娘は声を揃えて笑い出し、同じように涙を拭いた。

二

翌週の土曜の午後、千春は、

「バーンズ診療所まで行って来ます」

帳場にいた若番頭の正吉に人力車を呼んでもらって颯爽と「かわせみ」を出かけた。

目的は嫁入り支度の中に用意する和装小物、帯揚げや帯締め、紐など着物を着る上で必要なさまざまと、それとは別に近頃、流行り出している西洋風の肩掛や髪飾りのリボン、天鵞絨《ビロード》の手さげなども買っておこうと考えていたからで、母親はこれまでそういったハイカラなものは一切、身につけない主義の人なので、なまじ相談しても無駄だと承知していた故である。

その点、イギリスに長年、留学していた麻太郎兄様なら、この買い物の指南役には打ってつけと思った。

ただ心がかりなのは、バーンズ診療所は土曜の午後と日曜日は休診と表の看板に書いてあるものの、急患があればその限りにあらずが常識で、とりわけ麻太郎は休日であろうと時間外であろうと嫌な顔もせず、すみやかに診療にとりかかる。そうなったら、まず、千春の目論見《もくろみ》は朝露のように消えてしまう。第一、往診になんぞ出かけていたらどうしようと、人力車の上で千春は今更のように気を揉んでいたが、バーンズ診療所にたどりつき、おそるおそる扉を開けると目の前に蘭の鉢を手にしたマギー夫人と向い合っている麻太郎の姿があった。

それはまだしも、待合室には女が二人、落付かない様子で座り込んでいる。

麻太郎が千春を見て、いった。

「急用か。急がないなら、そこら辺りの椅子に座っていなさい」

うなずいて、千春はマギー夫人にお辞儀をし、待合室の隅の席に落付いた。

で、さりげなく二人を眺めたのは、彼女達の着ているものがお揃いであったからで、赤と黒の細い縞の単衣《ひとえ》に白地に蛍袋を描いた染め帯を締めている。帯も着物も上等であったが似合っているのは、やや浅黒い肌をした娘のほうで、もう一人の色白の娘にはどこかそぐわない感じがする。

二人の娘の容貌はよく似ていた。

眉が薄く、眼鼻立ちは整っていて口許が小さい。体つきも中肉中背で撫で肩であった。

診察室からバーンズ先生が出て来た。手に処方箋を持っている。麻太郎が受け取り、自分で薬剤室へ入った。手ぎわよく薬種を棚から取り出しているのがガラス窓越しに見える。

バーンズ先生がマギー夫人に言った。

「なにをしているのかね」

「頂きましたのですよ。この蘭の鉢……」

「麻太郎君にかね」

「今日はリチャードにですって……」

「それはどうも有難う」

「いつも、お父さんがお世話になりまして……」

色の白いほうの娘が頭を下げ、色の黒いほうが叱った。

「あんた馬鹿だね。自分の親のことを他人にいう時はお父さんじゃない。父がっていうものよ」

麻太郎が薬剤室から戻って来て薬袋をさし出すと二人の娘が同時に受け取ろうとしたが、薬袋は一瞬早かった色白の娘の手に渡った。色白の娘が麻太郎に片目を瞑《つぶ》ってみせ、バーンズ診療所をとび出して行った。続いて残った一人が、

「ごめん下さいませ、神林先生……」

こまねずみのように走り去った。

「麻太郎は銀座に宇治川屋という店があるのを知っていますか」

診療所に続くバーンズ先生の私宅の居間に落付いてから、麻太郎と千春を前にしてマギー夫人が紅茶を勧めながら説明した。

「リチャードもわたしも知らなかったけれど、けっこう若い娘さんに人気のある店で、そこの主人の孝兵衛さんという人がうちで診《み》てもらいたいとアメリカ公使館の通訳官のライスさんの紹介で来たのですよ。今の二人は孝兵衛さんの娘だとか」

「父親に付き添って来たのですか」

「いいえ、そうではなくて、孝兵衛さんがここへ通っているのに気がついて探りに来たのです」

「つまり、容態を心配して……」

ノウ、とマギー夫人が手をふり廻し、バーンズ先生が顔をしかめた。

「あの連中は日本人にしては日本語の使い方を知らんようだね。医者に向って自分の父親はあとどのくらいで死にますか、だと……」


穏やかに麻太郎が訊ねた。

「そんなに悪いのですか」

処方箋をみた感じでは、

「かなり難かしい状態かと思いましたが……」

「手遅れといっていい段階かね。当人に訊いてみると、かなり前から自覚症状が出て居るんじゃよ。そのくせ、医者に診せて居らん。典型的な医者嫌いだな」

「二人の娘さん、まだ結婚もしていないようですね。父親が重病とわかって衝撃《ショック》だったでしょうに……」

マギー夫人が、宇治川屋の娘をかばった言い方をし、そこでバーンズ先生は部屋のすみにいた千春に気がついた。

「これはこれは、千春さんじゃないか。失敬したね。麻太郎君に用があって来たのだろう。かまわんよ。診療時間はとっくに終っとるんじゃ。ここで話をするなり、出かけるなり自由にし給え。わしは濃いコーヒーでも飲むとしよう」

スリッパをひきずるようにして奥へ去った。

で、麻太郎はマギー夫人に外出する旨を告げ、大急ぎで着替えをして揃って診療所を出た。

五月晴れの上天気で、僅かな風が若葉の香を運んで来るような築地居留地を抜けながら千春は早速、今日の目的を話し、麻太郎は銀座へ足を向けた。

明治十年五月二十八日に竣工した銀座煉瓦街は京橋から新橋へ抜ける中央通りの左右に広がっていて、表通りには三階建てのジョージア様式の煉瓦建築が建ち並び、通りにはガス灯が適当な間隔をおいて並列し、街路樹として桜、松、楓が植えられている。

旧幕時代は徳川将軍が築いた江戸城の堀からの水路が東湊町にぶつかったところで右折して大川に流れ込む名もない堀川を比丘尼橋、中橋、京橋と経て、その京橋の上を起点として新橋まで新両替町が一丁目から四丁目まで続き、その先は尾張町一丁目、二丁目とつないで竹川町、出雲町から新橋へ抜ける。この道は旧幕時代、両側に大商家が軒を並べていた。

それが明治五年二月二十六日に和田倉門内の兵部省から出火して京橋地域の家屋四千八百七十四戸、二十八万八千坪が一日で焦土と化した。

明治政府はこれを機会に道幅を広げ、煉瓦造りの不燃建物を建てて延焼を防ぐ都市計画を立て、それが完成したのが銀座煉瓦街であって、それまでとは別物のような西洋風建築が、三代歌川広重の錦絵にも描かれて江戸っ子をびっくりさせたものだが、今も各地からやって来る東京見物の人々にとって五本の指に数えられる人気名所になっている。

無論、麻太郎も帰国して最初に眺めた繁華街でこれならロンドンの街とくらべても遜色はなかろうと思ったものである。

宇治川屋の店はその中央通りの新橋寄りにあって如何にも若い女が喜びそうな華やかな店造りであった。

千春を先に立てて麻太郎が一緒に店へ入ると、

「これはこれは、神林先生……」

と帳場の奥から出て来たのが主人の孝兵衛であった。

まだ顔色はよくないが、最初にバーンズ診療所を訪ねて来た時から見ると足腰もしっかりして来たし、声にも力が戻っている。

「おかげさまで、先生の治療を受けるようになりましてから、日一日と元気が出て、このところ、飯が旨くて仕方がありません。娘達から年寄がそんなに大飯を喰って大丈夫かといわれますが、なに、腹がもたれることもなく、胃が痛みも致しません。本当に有難いと思って居ります」

といわれて麻太郎は照れた。

「それはわたしの力ではありません。御主人の生命力と底力。なによりも御努力のたまものです。但し、油断は禁物です。この上とも御自身を大切になさって下さい」

麻太郎達が来た時、客の応対をしていた娘が客を送り出した足で近づいて来た。

「いらっしゃいまし。お父つぁん、見違えるように元気になりましたでしょう。神林先生の所へうかがう前はなにを食べても旨くない、好物の鰻が食べたいというから買って来れば、もう食べたくないと箸もつけない。久しぶりにきんぴらごぼうが食いたくなったというから手間暇かけて作り上げたというのにお膳の上をみただけで、すまないが下げてくれって……もう、どうしようもないって感じでしたんですよ。それが、この節はなんでも旨い旨いと上機嫌で、どんなに助かったか知れやしません」

胸の前で手を合せた。

そんな娘を嬉しそうに眺めながら、父親が千春に目を止めた。

「そちらさんは、たしか、築地の診療所で……」

麻太郎が苦笑した。

「実は、わたしの妹なのです。嫁入りが近いのでいろいろと買い物があり、こちらの店がよいと教えてくれる人があって、迂闊な話ですが、わたしはバーンズ先生の所へ来られている患者さんが、こちらの御主人とは気がつかなかったのです」

孝兵衛が大きく合点した。

「それはそうでございましょうとも。よくお出で下さいました」

娘にいった。

「清二郎はどこに居る」

「おふゆが蔵から何かを出す手伝いをしてくれといって……」

「呼びなさい。急いで……」

娘が奥へ去り、孝兵衛が女中の運んで来た茶を麻太郎と千春に勧めた。

「今のが上の娘のおなつで、手前にとっては先妻の忘れ形見でございます。妹のほうとは母親が異りまして……」

若い男が暖簾口から顔を出した。

「お呼びでございますか」

と小腰をかがめたところをみると、これが清二郎に違いない。果して、

「番頭の清二郎にございます。手前共の店では、これが何もかも承知して居りまして、品物にも詳しゅうございますので……」

と紹介し、清二郎は挨拶をして早速、千春の希望を聞きながら、店の壁ぎわにある大きな棚の引き出しを抜き出し、あれこれと並べはじめた。

三

宇治川屋での買い物をすませ、帰りかけると、背後からおなつが追いかけて来た。

「すみません。神林先生にどうしても聞いて頂きたいことがあって……」

ちらと麻太郎の背後の千春へ視線を流す。千春が麻太郎を仰いだ。

「あたし、先に帰ります。兄様は京橋の千種屋さんに寄るのでしょう」

千種屋というのは旧幕時代からの薬種問屋であった。本来は漢方の薬種であったが、旧幕時代から長崎に支店を出し、今は横浜にも本店と同じ規模の店をかまえている。

麻太郎にとっては養母の妹の夫に当り、医者として大先輩である麻生宗太郎《あそうそうたろう》が長年、千種屋と昵懇《じっこん》にしている縁で、麻太郎も日本ではなかなか入手し難い薬や医療関係の品々を千種屋に注文していた。

今日も本来なら千春の買い物が終ったら千種屋へ寄り、帰りにはどこかで千春の好きな甘いものなどを食べさせる店で一服し、「かわせみ」へ土産に饅頭なぞを求めようと話しながら銀座へ出て来た。

その心づもりが、一軒目の宇治川屋の用事が済んだ時点で御破算になった感じだが、麻太郎はつとめて迷惑を顔に出さなかった。

おなつが、

「聞いて頂きたい……」

といったのが、目下、麻太郎が治療に当っている宇治川屋の主人の病状に関することかと思った故である。で、

「どちらへ伺ったらいいですか」

と訊ねたのは、宇治川屋は店の裏側にかなり広い住居が建っているのを知っていたせいで

ある。

けれども、おなつが歩き出したのは京橋へ向う中央通りであった。止むなくついて行くと、京橋を渡った先を右折して三つ目の路地を入る。

そこにベンガラ格子の小さな家があった。

別に声もかけず、おなつが格子を開けて入ると中年のどこか小粋な女が出て来た。お出でなさいましともいわず、おなつも黙って玄関を上ってすぐの所の階段を上って行く。

入口の土間に立っている麻太郎に女が、

「どうぞ、お上り下さいまし」

と、うながして、麻太郎は、

「こちらは宇治川屋さんの知り合いのお宅ですか」

と訊いてみたが、女は手を口に当てて小さく笑っただけであった。その手で階段の上を指し、

「只今、お茶をお持ち申します」

するりと台所と思われる方角へ姿を消した。

どこかおかしいと思わぬではなかったが、宇治川屋孝兵衛の病状を知っている麻太郎としては家族や店の者の耳にはなるべく入れたくないおなつの気持が、こうした知り合いの家の二階を借りてといった判断になったのかと解釈して、踏む度にぎしぎしと音を立てる階段を

上り、二階の障子の開いている部屋へ入った。

小さな窓が北側にあるだけの狭い部屋で日中だというのに小暗い。

卓袱台が一つ、その周囲に座布団が二枚。一枚にはおなつが座っていた。

「すみません、こんな所で……あたし、気のきいた場所を知らないので……」

はにかみながら頭を下げたおなつに、麻太郎は単刀直入に用件について尋ねた。それでもおなつは自分の袂の先を嬲《なぶ》っている。

「なにか父上の御病状について質問がおありなら遠慮なく……」

といいかけた麻太郎に漸く顔を上げた。

「私、殺されるかも知れません」

「なんですと……」

流石《さすが》に驚いて反問した。

「いったい、誰が貴方を殺そうというのです」

「わかりません。でも、宇治川屋には私が死ねばよいと願っている者が居ります」

「その者の名は……」

僅かのためらいもなく、おなつが言い切った。

「おさんとおふゆです……」

おさんというのは宇治川屋孝兵衛の後妻だとは、麻太郎は知っていた。最初にバーンズ診療所へ来た折に、孝兵衛自身が自分の家族についてバーンズ先生に話しているのを、同席して耳にしていたからである。

「あたしは父の最初の女房の子です。おたまといって……神林先生は御存じないかも知れませんが、あたしの祖父は伊勢の出で、徳川様の頃に江戸へ出て来て小間物屋を始めたそうです」

女が着物を着るのに必要な半襦袢や裾よけから、帯締め、帯揚げ、さまざまの紐など一切合財を売る商売で、最初は江戸の近在へ行商に出かけ、やがて江戸の本町通りに店を持つようになったのは、

「お祖父さんが八王子の大地主の娘と夫婦になってからなんです」

おさだといって、何故か嫁《ゆ》き遅れで二十五、六になっているのと夫婦になってから運が廻って来て、最初は新宿に小売りの店を出した。

「宿場女郎みたいな人達が贔屓にしてくれて、お祖父さん夫婦に二人の子が出来たんです」

兄が金之助、妹がおたま。

「そのおたまがあたしの母なんです」

金之助が江戸へ出て来て、やはり小間物の行商をしていたが、流行り病であっけなく逝ってしまった。

「君のお袋さんは八王子に居たのか」

麻太郎の問いに、おなつは首を振った。

「金之助兄さん。あたしにとっては伯父に当る人ですが、一緒に江戸に出て暮していて結局、金之助伯父さんの友達の孝兵衛と夫婦になったんです。でも、あたしを産んで間もなく病気になって死にました。あたしは顔もおぼえていません」

その後、孝兵衛が再婚したのが、

「お祖母さんの縁で、やっぱり八王子同心の家で岸本っていうんです」

孝兵衛の後妻になったおさんのことで、おふゆを産んだ。おさんの実家は現在、長兄の松右衛門が継いでいる。

「商売が上手で、田畑をいっぱい持っていて、あの辺では指折りの金持だって、よくおふゆが自慢してますよ」

といった口ぶりからしても、おなつの母の実家のほうは、跡継ぎが死んで零落した可能性が強い。が、おなつも語らず、麻太郎も訊ねなかった。

一通りの話を聞いて、麻太郎は窓の外に目をやった。晴れていた空に雲が広がり出している。

「君の話はよくわかった。確かに気の毒とは思う。しかし、孝兵衛どのは健在であるし、君は宇治川屋の娘として暮している。それだけでも、わたしは幸運に思うし、君は義母とその娘が自分を殺そう、いや、君が死んだらよいと考えているというが、実際、なにか思い当ることがあるのか」

例えば、毒を盛られそうになったとか、川なんぞに突き落されたとか。

あまり、いい例ではないがと内心、困惑しながら麻太郎がいったのに対し、おなつは、

「いいえ、そのようなことはありません」

と答えた。

「でも、怖しさを感じています」

「君の思い過しではないかな」

「違います」

「では、どうしてもらいたいのだ」

「神林先生のお傍において下さい。一日中、ずっと……」

苦笑して、麻太郎は笑いをひっ込めた。

この女になまじ甘い顔をしたら、とんだことになりかねないと思う。

「それは出来ない。わたしはバーンズ診療所で働いている。同時にバーンズ先生の家の居候だ。女房でも家族でもない女にそこまで面倒をみる義務もない」

「でしたら、女房にして頂けませんか」

「なんだと……」

「医は仁術とかいうんでしょう。困っている者を助けてくれるのがお医者じゃないのです

か」

麻太郎にしては荒い声が出た。

「いい加減にして下さい。子供ではあるまいし、世の中の常識を考えて見給え。とにかくあんたはバーンズ診療所への出入りはしないでくれ。それが気に入らなければ医者はわたしだけではない。必要とあれば、他の医者の所へ行ってもらいたい」

失礼する、といい捨てて麻太郎は二階をかけ下り靴を突っかけて外へ出た。

ずんずん歩いて中央通りまで来てから、靴の紐を結ぶ。さりげなく後方を見たが、おなつが追って来る姿はなかった。

京橋の米津凮月堂でバーンズ先生もマギー夫人も大好物の貯古齢糖《チヨコレイト》と洋酒入りのボンボンを買って麻太郎は築地居留地へ帰った。

宇治川屋孝兵衛が自宅で撲殺《ぼくさつ》されているのが発見されたのは翌日のことであった。

四

銀座煉瓦街の新橋寄りにある和洋婦人小間物店、宇治川屋の主人、孝兵衛が、店の裏側に建っている自宅の納戸で頭から血を流して死んでいると、築地居留地のバーンズ先生の診療所へ知らせて来たのは千春で、その背後にはお供のような恰好で畝源太郎と長助がついていた。

日曜日のことで、麻太郎は久しぶりに狸穴《まみあな》に住む両親を訪ね、隣接する方月館診療所の麻生宗太郎に最近、入手した医学書について少々の疑義を問い、教えを乞いたいと考えていたところであったが、

「兄様、大変」

と真赤な顔をしている千春と、おそらく、千春の大変につき合わされてついて来た様子の源太郎と長助に対して迷惑そうな素振は全く見せなかった。

けれども、千春の大変の内容が宇治川屋孝兵衛に関することと判って、少々、当惑した。

「千春はいつからそんな野次馬になったんだ。

宇治川屋に何があろうと、ここは警視庁ではないし、わたしは巡査じゃないんだ。殺人事件を持ち込まれても、どうしようもない」

絶句した千春の代りに源太郎が前に出た。

「巡査なら呼んだよ。しかし、あいつらは検屍もしない。納戸ですべってどこかに頭をぶっつけて、打ちどころが悪かったので死んだのだろうと、さっさと引き揚げちまったんだ」

「そうじゃないというのか」

「あの傷はどこかへぶつけたんじゃない。なにか重い、鉄の固まりのようなもので力一杯、叩かれたものだ」

「凶器はみつかったのか」

「いや。しかし、わたしと長助のかけつけるのが早かったから、多分、外へ持ち出して捨てる暇はなかったと思う」

「どこに居たんだ」

源太郎の住む旧八丁堀の近くと、銀座煉瓦街はそう遠くもないが、近いともいえない。

「お袋の店だよ」

母親が経営する古美術店「和洋堂」は日本橋の近くにある。

「新しく買いつけた品が届いたんで、荷ほどきの手伝いに呼ばれていたんだ。千春さんも来てくれて……。すまない。俺はどうも自分の手に余りそうだと思うと君に助けを求めてしまう。これでも探偵の看板をあげているんだ。自力で調べるよ」

麻太郎が実父にそっくりな明るい笑声を立てた。

「手伝うよ」

「なに……」

「入口に札が下っているだろう、本日は日曜日、休診だよ」

「日曜でも病人が来れば診るんだろう」

「幸い、今の所、誰も来ていないよ」

バーンズ先生に断って来るといい、麻太郎は友人をそこに待たせて、奥へ入り、すぐに上着をひっかけて出て来た。

白いシャツに縞のズボン、編み上げ靴の紐を手早く結んで外へ出る。いそいそと後に続く源太郎は絣の単衣に小倉の袴で、浅黄の股引に縞の着物の裾を後帯に高く挟んだ長助と、三人三様の出立《いでたち》で居留地を走り抜けて行くのを、パラソルを手にしたイギリスの婦人達が珍らしそうに眺めている。

「宇治川屋に張り番はつけて来たんだろうな」

肩を並べて来た友人に麻太郎が念を押し、

「長助の下っ引だった佐吉と国松を置いて来たよ」

二人共、やはり「和洋堂」へ手伝いに長助が連れて来ていたのだと源太郎が答えた。

「なにしろ、西洋の骨董ってのは重いもの、かさばるものが多いんだ」

麻太郎が安心して足を早め、それに続く二人はどちらも口をきく余裕がなくなった。

宇治川屋は深閑としていた。

通りに面した表戸は閉めて、

都合により本日、休業させて頂きます

と張り紙が出ている。

三人が向ったのは裏の住居で、こちらもひっそりと鎮まり返っていたが、長助が軽く格子戸を叩くと、奥から若い男が出て来た。

番頭の清二郎で温和な男前が青ざめ、ひきつったようになっている。

「これは、神林先生……」

といいかけるのを、麻太郎が軽く制した。

「知り合いからこちらの様子を聞いて参ったのです。もはや、私の手の及ぶ所ではないと思いますが、御様子を診させて頂けますか」

穏やかながら、凜とした言葉に、清二郎がはじかれたように案内に立った。

玄関を入り、右手の廊下を行くと中庭に面して八畳ほどの座敷がある。

宇治川屋孝兵衛は北枕に寝かされていて、布団の両側におなつとおふゆがいたが、麻太郎を見るとどちらも中腰になった。

「先生、父がこんなことに……」

訴えるようにいったのはおふゆで、おなつは袂を顔に当てて、激しく体を慄わせている。

その二人に断ってから、麻太郎は孝兵衛の遺体を検《あらた》めた。

はだけた胸許を丁寧に直し、布団をかけてから、姉妹へ一礼した。

「慎んで、お悔み申します」

おふゆが声を放って泣き崩れ、おなつは麻太郎へお辞儀をした。

「お世話になりました。有難うございました」

女とは思えない舌打ちをしたのは、大泣きに泣いていた筈のおふゆであった。

「誰かさんは調子がいいんだから……」

麻太郎は廊下へ出て、そこにいた清二郎に訊いた。

「御内儀はどちらに……」

「只今、野辺送りの打ち合せに。親類の者と談合して居ります」

「では、よしなにお伝え下さい」

表へ出ると、源太郎と長助が待っていて、麻太郎を囲むようにして歩き出す。

「なんですか、家族の一人一人のいうことが違うので、葬儀屋が困っている案配で……」

というのを訊けば、孝兵衛は伊勢の生まれで、十四の時にまだ江戸と呼ばれていた東京へ出て来て伊勢出身の者がやっていた小間物屋へ奉公したので、

「その伊勢屋の一人娘のおたまと夫婦になって店を継いだんですが、度重なる江戸の大火や大地震で店を失い、再建もおぼつかないまでに追い込まれちまいまして、その時に、力になったのが孝兵衛の後妻、おさんの実家なんだそうです」

長助のややこしい話を、源太郎が補った。

「つまり、伊勢屋孝兵衛が倒産を免れたのは、後妻に来たおさんの実家が八王子同心の岸本家で八王子の大地主でもあったんだ。おさんの兄さんってのが、なかなかの遣《や》り手でね。妹の嫁入り先の伊勢屋に大枚の融資もするし、口もはさむ。店の名前も宇治川屋と改めたら運が廻って来たのか、そこからは順風満帆、あれだけの大店《おおだな》にのし上ったというわけさ」

「源太郎君」

麻太郎が、きびしい声を出した。

「葬儀屋が困っている理由を先に言えよ」

実際、途方に暮れた様子で葬儀屋の若い衆がこちらを見送っている。

「つまり、葬式には坊さんが要るだろう。どこの寺にするか、もめてるんだ」

「なんだと……」

「孝兵衛は真言宗で菩提寺は伊勢なんだ」

「真言宗の寺なら、東京にもあるよ」

「内儀さんが知らないお寺に頼むより、八王子に寺があるからと……」

「それなら早く使を出して……」

「臨済宗らしいんだよ。そっちは……」

絶句した二人を、長助が両手で制しながら大通りへ出た。

「どうも肝腎の仏さんをそっちのけでああ啀《いが》み合っていたんじゃ、どうにもなりません」

巡査は孝兵衛が納戸ですべって転び、打ち所が悪かったで片付けたが自分は納得出来ないと源太郎がいい、麻太郎が訊ねた。

「君が宇治川屋へ行った時、孝兵衛の遺体はどこにあった」

「納戸だよ」

頭から血を流し倒れていた孝兵衛の周辺は血まみれだったと源太郎は少しばかり顔をしか

めた。

「孝兵衛が頭をぶつけたのは鉄の釣り燈籠でね。六角形の上に屋根が載っている恰好でけっこう値が張るものだと思うよ」

「そんなものが、何故、納戸にあったんだろう。釣り燈籠といえば今が季節だろうが……」

「古くなって錆《さび》がひどいんだ。まあ、飾っておくのもなんだということで仕舞い込んだのかな」

麻太郎が友人の茫漠とした表情を睨んだ。

「鉄製なのだろう」

「そうだ」

「どこにある。そいつは……」

源太郎が彼独特の笑みを浮べた。

「麻太郎君がそういうかも知れないと思って長助が保管している」

見るか、と源太郎が訊ね、麻太郎が当然といったように歩き出した。

五

長助の家で見た鉄の釣り燈籠は血まみれであった。古色蒼然というより鉄屑といったほうがふさわしい代物で赤錆びた部分がぼろぼろになっている。麻太郎が指に力を入れて触れるとその部分から鉄粉となって砕けた。その顔色をみて、源太郎が弁解がましくいった。

「孝兵衛の傷痕に、鉄の粉がついていたよ。他になにがある。適当に角がとがっていて、細く細工されていて……。釣り燈籠には台座の所に蓮の花の彫刻があって、その部分がいい具合に壊れて突き出ている。こいつに頭をぶつければ……」

横になって釣り燈籠に自分の頭を載せる恰好になって気がついた。

燈籠の上の部分が邪魔になって台座には頭が届かない。起き上って、両手で釣り燈籠を自分の頭の上へふりかざそうとして、

「こりゃあ、みかけより重いな」

麻太郎が笑った。

「要するに転んで頭をぶつけるにしろ、人がこいつをふり上げて相手の頭を撲ったにしろ、この釣り燈籠を下手人にするのは無理だ」

「それじゃ、凶器はなんだ」

「傷痕の形状からすると、箸のようなものかな。四角ばっていて、ごつい感じの」

「よせよ、仁王様が飯を食うんじゃあるまいし……。人間は箸で撲っても死なない」

「火箸は鉄だろう」

源太郎が手をふった。

「人が手に握って使うものだぞ。第一、あの傷痕はそれこそ仁王さんの火箸でもないと……。

祭の時に、鳶頭が突いて歩く鉄棒はもっと太いし、角がとがってはいない。山伏の金剛杖でもなさそうだな」

「そんな大きなものではないと思う。少くとも下手人は、釣り燈籠を凶器の身替りにしている」

「身替りだと……」

「少くとも、俺達のように考える奴が出て来た時のための偽装だ」

顔を見合せて、麻太郎が断言した。

「この犯人は、かなりの智恵者だな」

長助が茹で上った蕎麦を運んで来て、二人の探偵は捜査を中断した。

六

宇治川屋の事件を忘れたわけではなかったが、バーンズ診療所の麻太郎の毎日は、ひどく多忙であった。

以前は診療所の建っている場所が築地居留地内であるため、患者の大方が居留地に住む外国人か、その知り合いであったのが、イギリスから帰国した麻太郎が住み込みで勤務するようになり、居留地のはずれの入船町の雑居地域で暮す清国人の陳鳳と昵懇になると、子供が風邪をひいたの、老人の腹痛がおさまらないなぞと診療所へやって来るようになったし、容態によっては麻太郎が往診に出かけて行く。

なにしろ、それまでは病気になっても漢方の薬を飲むしかなかった雑居地域の人々にとって、西洋の知識を持った医者が気軽に面倒をみてくれるというのは夢のような出来事で、バーンズ診療所の若先生は、神か仏かという存在になっている。無論、日本人の患者も少くないが、こちらは官吏か富商が次々と紹介されてやって来る。

別に受診料が高額ではなく、むしろ、旧幕時代、大名家のお抱えであった医師と較べれば安すぎるくらいだが、一般人には居留地内にあるというだけで敷居が高いのかも知れないと麻太郎は推量していた。

もっとも、患者の数は増える一方で、治癒《ちゆ》した患者が、もう来なくてよいといわれたにもかかわらず、一カ月に一度はやって来て問診を受け、体温や脈拍を調べてもらって悪い所はないといわれ、安心して帰って行く例も増えている。それはそれで健康を維持し、病をすみやかに発見するのに役立つので医者としては善《よ》しとせざるを得ないのだが、なにしろ医者の手の足りない現在は痛し痒しが本音でもあった。

で、気になりつつも、足が遠くなっていた宇治川屋で、麻太郎としては、宇治川屋の娘おなつに奇妙な口説かれ方をしたこともあり、迂闊に近よるのは剣呑と思ってもいる。

その日曜日、三日ばかり降り続いた雨が上って薄雲の間から陽がさして来た頃合をみて、麻太郎は大川端町の「かわせみ」を訪ねた。

ちょうど大番頭の嘉助《かすけ》が入口近くの軒先に鬼灯《ほおずき》の鉢を並べ、水をやっているところで、

「若先生、お久しぶりでございますね。診療所のほうが大変お忙しいとは聞いて居りましたが、御新造様も千春嬢様も首を長くしてお待ちになっていらしたんですよ」

なんともいい笑顔で迎えてくれた。

「忘れていたよ。昨日は四万六千日か」

江戸の頃から浅草金龍山浅草寺の鬼灯市は大層な人出があって、なかでも七月十日の功徳日に参詣すると四万六千日分の御利益《りやく》があると庶民に信じられている。

嘉助が、まだ八丁堀同心であったるいの父親に奉公していた頃から植木市だ、花市だと出かけて行って必ず花の咲く鉢植を買って来るのは、まだ幼かったるいのためで、母親を早くに失い、父親は職務柄、どうしても帰宅が遅くなる。家で一人寂しく留守をしている娘の心をせめて慰めたい気持の故だと子供のるいにはちゃんと判っていた。

鉢植はるいの手で水やりを欠かさず、日の当る所へ並べられ、夕方には必ず家の中に取り入れられる。一日でも長く美しい花を保たせたいというるいの願いは、それを求めて来てくれた嘉助に対す御礼の心でもあって、そんな僅かなことにも主従の絆《きずな》が固く結ばれて今日に及んでいる。

そして、今の嘉助の目には千春が幼い日のるいに見えるのかも知れないと思いながら麻太郎は明るく声をかけた。

「鬼灯市は混んでいただろう。わたしも一緒に行けばよかったな」

老齢の嘉助にはけっこう重みのある鉢植を持って帰るだけでも大変であったろうと推量して麻太郎はいったのだが嘉助は心外だという表情で腕を叩いた。

「なあに、まだ足腰は丈夫でございますよ。若先生がもう一度、浅草まで行って来いとおっしゃっても、びくともするもんじゃありません」

麻太郎が素直にうなずいた。

「そうだろうな。下手をすると、わたしのほうが顎《あご》を出すかも知れない」

老若入りまじった笑い声が帳場に響くのを聞いてから、るいは暖簾口を出た。

「お帰りなさいませ。どうやら雨が上りましたのね」

「梅雨の晴れ間って奴ですか」

るいにうながされて居間へ向いながら訊いた。

「ここの家には宇治川屋の情報は入っていませんか」

ふりむいてるいが笑った。

「お吉が麻太郎さんの所へ御注進に行きたくて行きたくて……」

「叔母様に止められたんですか」

「千春が申しましたの。麻太郎兄様にろくでもない話を持ち込むのはおよしなさい。御迷惑ですって……」

麻太郎が朗らかに笑った。

「そいつは残念。これでも好奇心は人一倍あるんですがね」

「でしたら、お吉の話、聞いてやって下さいます。昔の人がおっしゃったのでしょう。もの言わぬは腹ふくるる業《わざ》なり、とか」

「呼んで下さい。腹がぱちんと割れたら、縫い合せるのが大変だ」

お茶の用意をして来たお晴が慌てて台所へ走って行き、入れ代りにお吉が前掛をはずしながらやって来た。

麻太郎を見て早速、何かいいかけたのが、るいをみて逡巡する。すかさず麻太郎のほうから水を向けた。

「宇治川屋は、もう店を開けているでしょうね。マギー夫人があそこを贔屓にしていて、ぼつぼつ買い物に行きたいといっているんですが……」

お吉が廊下に座り込んだ。

「それが若先生、えらいことになっちまってるんです」

「まだ、お寺の件で揉めているんですか」

「お寺は結局、八王子のほうになりましてね。世の中、なんでもお金のあるほうが勝つんでございますかね。歿《なくな》った御主人が真言宗だってのに、後妻さんの実家の御宗旨で弔いを出し、お墓もそちらさんのに入れちまったんですよ」

るいが古参の女中をなだめるように口をはさんだ。

「でも、伊勢は遠いし、お身内の方々にしてみたら、法事のたびにむこうまで出かけて行くのも大変ということでしょう。八王子なら、その点、何かと便利だし、お近くにはおつれあいの御実家もあるのだから……」

「おなつさんがかわいそうでございますよ」

「……」

「それは孝兵衛さんの後妻さんにしてみれば八王子の大地主の兄さんが何もかも引き受けて下さるってんですから御都合もよろしゅうございましょう。娘のおふゆさんも文句はありますまい。でも、おなつさんの気持としたら、この先、お墓まいりに行くのだって気がねしい……」

「そんなことはありませんよ。娘が父親のお墓まいりに行くのですもの……」

「世間では、宇治川屋の跡継ぎには番頭の清二郎さんとおふゆさんを夫婦にして店をやって行くんだと噂をしてますです。そうなったらおなつさんはどうなります。あの店から放り出されかねませんですよ」

「まさか。御親類が黙ってはいないでしょう」

「宇治川屋の御親類ってのは、みんな後妻さんのほうのお身内だそうでございます」

「よしましょう。他人様《ひと》の御家のことをあれこれ噂をするのは……」

るいの声が少しばかりきびしくなり、お吉はすごすごと台所へ下って行った。

「本当にお吉と来たら、いくつになっても金棒曳きで……」

微苦笑してるいが麻太郎へ頭を下げた。

「ごめんなさい。つまらない話をして……」

「いいえ、宇治川屋の話を持ち出したのは、わたしです。申しわけありませんでした」

茶道の稽古に行っていた千春が帰って来て「かわせみ」の居間は急に賑やかになり、宇治川屋の話はそこで終った。

七

宇治川屋とは、かかわり合いを持つまいと決めていた麻太郎であったが、どうしても気になるのが孝兵衛の頭部に残った傷痕であった。他にこれといって外傷はなく、無論、毒殺ではないことは、麻太郎自身が遺体を詳細に調べているので、まず致命傷は頭部への一撃であったと考えられる。その日、源太郎の家へやって来て話は結局、孝兵衛の死因になった。頭部への外傷は出血が多く、死体は全身が蘇芳《すおう》を浴びたような凄じい有様であった。

傷は一ヵ所のみ、傷口から見て凶器は上から叩きつけるように打ち下されている。

孝兵衛は中肉中背なので、立っている所を撲殺されたのなら、下手人は余程、背が高くなければならないが座っていたのであれば、その限りではない。

麻太郎が注目したのは、傷口であった。

「三角の形を底にする角錐とでもいうのか」

紙を取り出してペンで画いた。

「要するに四角の柱のすみを斜めに切り取ったようなものだ」

真向いに座って黙念と麻太郎の話を聞いていた源太郎が台所へ立って行った。僅かばかりして味噌濾《こ》しに入った豆腐と割り箸を持って来た。割箸の角で豆腐の表面を刺す。じっと見ている麻太郎を確認してから慎重に箸を抜く。豆腐がくずれかけ、源太郎はもう一度、豆腐の布目のついた部分を割箸の角で押してみた。麻太郎が手近かの机の上にあった赤い箱を取り上げた。厚手の紙で出来ているが、中には何も入っていない。

これも机の上にあった鋏でその箱の角を斜めに切り落す。

「まあ、こんな感じかな」

「孝兵衛の傷口か」

「ああ」

「大きさは……」

「もう少し、大きいし、傷も深いし、鋭い」

「持ち手の部分が角型で鉄の火箸を二本重ねて……」

「火箸なら、余程、太い。少くとも、この二、三倍かな。長さも普通の箸の二倍はあるよ」

源太郎が再び台所へ行った。持って来たのは菜箸であった。

「こいつは花世さんが煮物をする時、鍋をかき廻す奴だ」

「寸法はまああだが、これで撲って即死するか。傷痕もあんなふうには付かない」

「鉄ならあるよ」

自棄《やけ》っ八《ぱち》になって源太郎が並べたのは竈《へっつい》に火を焚く時に使う火箸であったが、

「こんな粗雑なんじゃない。もう少し、華奢な感じのはないか」

と麻太郎に訊かれて、

「あいにく、うちにはお姫さんが使うような火箸はないよ」

肩を落しかけたが、

「金物屋に行けば、君のいうようなのがあるかも知れない」

あたふたと身支度をする人のいい友人を麻太郎は制した。

「いろいろと厄介をかけたが、花世さんも帰って来る時刻だろう。診療所のほうも急患があったりすると困るから、今日はこれで帰るよ」

源太郎が正直にがっかりした顔を見せた。

「役に立てなくてすまない」

「何をいうか。君に話しただけで随分、気が楽になった」

「俺も考えてみる。何か思いついたら診療所のほうへ行くよ」

「有難う。花世さんによろしく」

玄関の外まで出て見送っている源太郎に軽く手を上げて、麻太郎は夕焼空の下をバーンズ診療所へ向った。

その夜、食事が終ってから、麻太郎はマギー夫人に問われるままに宇治川屋孝兵衛の死因について話した。

「そうすると直接的には頭を固いもので撲られて出血多量で歿ったということだな」

「傷自体は小さくとも、頭部の場合、おびただしく出血するので、知らない人はびっくりするのですよ。まるで刀で斬られたみたいに大量の血が流れるのですから……」

バーンズ先生に続いて、珍らしくたまき夫人が口をはさみ、マギー夫人が問うた。

「たまきさんは人が斬られたのを見たことがおありなの」

「いいえ。子供の時に遊び友達が悪戯小僧に石をぶつけられて、それが頭に当ったんですの。もの凄く血が流れて、大さわぎになったのですけれど、お医者様が手当をして下さって、あとで見たら切れた所はお米一粒にも足りないくらい。廻りの人がいったんです。まるで荒木又右衛門に斬られたほど血が出たって……」

バーンズ先生が椅子から立ち上り、居間のほうへ移動し、たまき夫人がその後について行ってから、マギー夫人がそっと麻太郎に訊いた。

「アラキマタなんとかって何ですか」

一瞬、絶句し、麻太郎は返事をした。

「荒木又右衛門……人の名前です。その昔、たしか、敵討の助太刀で何人もの相手と戦ったという話が残っているのです」

「血闘ですか」

「まあ、そんなものですね」

「アラキマタは勝ったのですか」

「はい。でも、末路はあまり良いようではなかったと聞いています」

マギー夫人が大きく合点した。

「そうでしょう。争い事は法によって裁かれるものです。力で解決するのはよろしくないですね」

「日本でも今はそうだと思います。敵討は禁止されたと聞いていますから……」

「けっこうなことです。それでなくてはいけません」

満足そうにマギー夫人が私室へひきあげて、麻太郎はやれやれと二階の自分の部屋へ上った。

まだカーテンを閉めてなかった窓からは、星空が見渡せた。

文明開化の世になっても、人間の争い事が絶えないのは、宿命とでもいったら良いのか。

小さな吐息をついて、麻太郎は椅子にすわり、読みかけの医学書のページを開いた。

この年、梅雨あけから東京は近年にない猛暑に襲われた。

バーンズ診療所には連日、暑さ当りで体調を崩した患者や、食中毒を起した老人、子供が殺到して麻太郎はともかく、日本の極暑が苦が手のバーンズ先生を閉口させた。

「麻太郎君は知ってるじゃろうが、イギリスの夏は空気もさわやかで、こんなに蒸し蒸しはしないよ。麻服の肌ざわりが心地よくて、シャツにタイを結んでも暑っ苦しいことはなかった」

という御自慢の夏服は洋服簞笥にしまわれたまま、滅多に出番がない。

もっとも、イギリスの麻の服はジャケットに毛芯が入っていて絹の総裏付きであった。手触りこそひんやりとして具合がよいが、身につけるとどっしりと重く、暑苦しい。

それは麻太郎にしても同様で、この季節は二人共、木綿の白いシャツの上に診察着をまとい、部屋中の窓を開け放って仕事をしているがそれでもバーンズ先生は汗をかく。

「麻太郎はあまり汗をかきませんね。暑い時に汗をかかないのは体によくないといいますよ。一度、リチャードに調べてもらったら……」

とマギー夫人はいうが、麻太郎自身、医者として自分の健康がよろしくないという兆候は見出せない。

日曜日、麻太郎が久しぶりに大川端の「かわせみ」に出かけたのは、千春と清野凜太郎の婚礼の日が近づいて来たからで、すでにおおよその相談はまとまっていたものの、なにか大事な点で忘れているものがないかと不安になったからである。

「かわせみ」の庭には百日紅《さるすべり》が満開であった。裏口に近いほうには鶏頭の花が灼熱の陽をはね返すように咲いている。

そこに千春がいた。手桶を下げて柄杓《ひしやく》で水をやっている。結綿《ゆいわた》に結い上げた髪に手拭を姉さんかぶりにした恰好が若妻のように初々しい。それでも、麻太郎に、

「兄様」

と呼びかけた声は童女の頃とあまり変らず、無雑作に上げた手は袖がまくれて二の腕まであらわになっているのを気にするふうもない。

「冗談じゃないぞ。こんな陽盛りに傘もささないで……まっ黒に陽焼けした花嫁御寮なんぞ、忽ち聟どのから愛想を尽かされる」

千春が咽喉の奥まで見えるような笑い方をした。

「凜太郎様がおっしゃったのですよ。ほどほどに太陽に当るのは、体のために良いのですって……」

「これが、ほどほどの太陽か」

「お兄様って、男のくせに色が白いんですよね」

「なんだと……」

「医者の不養生って誰方《どなた》のことでしょう」

「馬鹿……」

わぁっと千春が住居のほうへ逃げ出し、麻太郎は手桶の残り水を鶏頭の根元にかけてやってから、それを下げて千春の後を追った。

るいの居間には、珍らしく麻生宗太郎が来ていた。廊下に近いところに、如何にも実直そうな男が唐草模様の、かなり大きな風呂敷包を脇にして座っていたのが、麻太郎を見て、丁寧に両手をついて頭を下げた。

「お邪魔を致して居ります」

るいが微笑して、麻太郎にひき合せた。

「深川の宮越屋さんの御主人ですよ。宗太郎さんから千春の婚礼の御祝を頂きましてね。ちょうどよかった。麻太郎も一緒に拝見させて頂きましょう」

るいの言葉で宮越屋の主人が手ぎわよく包みの紐を解いた。出て来たのは大ぶりの行李で蓋を取ると幾重にも薄紙と布が巻かれた鏡台が姿を現わした。黒漆《くろうるし》の上に金泥《こんでい》でなにやら美しい舞人の姿が描き出されている。

「これは胡蝶ですね。舞楽では童舞、つまり幼い子供が演じるのです」

麻太郎がいい、宗太郎がるいに笑いながら、

「やはり、麻太郎君は知っていましたよ。清野君の影響は甚大ですね」

軽く首をすくめて見せた。

「千春は、もう見ているのですか」

麻太郎の問いには、宮越屋の主人が答えた。

「昨日が大安吉日でございまして、手前共へお揃いでお出かけ下さいまして……」

「凜太郎も行ったんですね。二人共、大満足だったでしょう」

「おかげさまでお気に召して頂けまして、手前共もほっと致しました」

宮越屋の主人が改めて一人一人に挨拶をして帰ってから、宗太郎がこの季節、鉄瓶の湯が冷めないほどの埋み火が入っている長火鉢の脇に席を移し、るいが茶の支度をはじめた。

「千春君を嫁に出してしまうと、おるいさんは寂しくなりますよ」

火箸を取って埋み火を少しばかり掘り起す。

「宿屋商売がありますでしょう。それに、嘉助もお吉も健在ですし、正吉もお晴も居てくれますし、寂しがっている暇はないように思いますけれど……」

「わたしでよければ、もう来るなといわれるまで狸穴から通って来ますよ」

「診療所のほうがお忙しくて、とてもそんなお暇はないと思いますけれど……」

るいから渡された自分専用の湯呑を手にして麻太郎は二人のやりとりを黙って聞いていた。

微笑ましく感じるのは、二人の間に初老の夫婦のような信頼感があるからで、それが少々、羨しい気分であった。

「ところで、麻太郎君はまだ意中の人が現われないのかな」

突然、宗太郎の矛先が自分に向いて、麻太郎は首を振った。

「残念ですが……」

「そうか」

ふっと会話が切れて、縁側のほうから風が吹いた。澄んだ音が響いたのはその時で、宗太郎がるいに訊いた。

「今の音、何ですか」

るいの視線が音の流れて来たほうへ注がれた。

「なんだとお思いになりましたの」

「いや、わかりません。しかし、いい音色で……」

その音が、また響いた。

るいが立ち上って軒端を仰ぎ、手を伸ばして黒く細長いものを取り下した。華奢なるいの手には重たげにみえたので麻太郎は急いでそれを受け取りに行った。

手にしてみると、それは鉄製の箸であった。

二本が上でくくられていて細い紐で適当な場所に掛けられるようになっている。箸の先のほうにはやはり糸がついていて短冊が一枚下っている。

宗太郎が麻太郎から鉄製の箸を取り上げた。

「外見は厳めしいが、音色は淑女のようだな」

「今まで御覧になったこと、ございませんでしたか」

「初めて見ましたよ」

「播磨のほうからお見えになったお客様に頂戴しましたの。そちらは古くから刀鍛冶の方々が多くお住いでしたとか……」

宗太郎がうなずいた。

「そういえば昔々、麻生の義父上《ちちうえ》から備前刀の話を伺った記憶がありますよ。あの地方の川からは良質の砂鉄が取れるとか……」

明治の世になって廃刀令が出る始末では、刀鍛冶は否応なしに職を失った。

「でも、刀を打つ御仕事は続けていらっしゃるそうですよ。その片手間にこのようなものもお作りになるので、名前が優雅ですの。風鈴火箸といって……」

「風鈴火箸……」

「この夏中、軒にかけておきましてね。嘉助もお吉も、この音色を耳にすると心が澄むような気がすると申しますの」

いきなり、麻太郎が手を上げて風鈴火箸を摑んだので、宗太郎が苦笑した。

「おいおい、老人の風流の邪魔をするのか」

それに答えようとして麻太郎の目は風鈴火箸の上部に釘づけになった。

鉄の厚み、四角く尖った上部の角の部分に指が触れると見た目よりも重く、鋭いのがはっきり判った。

二本を一つにして握り、大きく振り下してみた麻太郎に、宗太郎が低くいった。

「殺人の凶器はそれと同じようなものか」

麻太郎が顔を上げた。

「御存じでしたか。宇治川屋の一件を……」

「新聞でざっと読んだだけだがね。源太郎君が狸穴の方月館へ訪ねて来て、わたしは留守だったが、宗三郎《そうざぶろう》に子細を話して帰った」

源太郎が宇治川屋孝兵衛を殺害した凶器について探索しているのを知って、宗太郎もその形状に関して興味を持った。

「源太郎君というのは流石だね。目のつけ所がいい。畝源三郎どのの子だけのことはあると思った」

宗太郎は宗太郎で孝兵衛の傷痕から凶器をあれこれと考えたが、

「風鈴火箸なぞとは聞いたことも見たこともなかったからね」

今回の功労者は、

「おるいさんということになるかな」

と満足そうにいう。

麻太郎は風鈴火箸を手拭に包んだ。

「源太郎君の所へ行って来ます」

るいと宗太郎に断って、「かわせみ」をとび出した。

麻太郎と源太郎が相談し、源太郎の父、畝源三郎の旧友で、現在は東京警視庁の要職についている市川高之助というのに相談した結果、宇治川屋に捜査の手が入った。

やがて、新聞が捜査の一部始終を発表し、暫くの間、世間はその噂でもちきりとなった。

宇治川屋孝兵衛殺しの下手人として逮捕されたのはおなつであった。そのきっかけになったのは風鈴火箸というのが人々を仰天させた。

「宇治川屋孝兵衛の最初の女房はおたまといってその兄が金之助。もともと宇治川屋は金之助とおたまの兄妹の父親、孝太郎がやっていた店なんです。その頃は店の名前も孝太郎の出身地にちなんで伊勢屋といいまして金之助の女房のお志津は祖父の代に播州から東京へ出て来て、人形町で小間物屋をやっていたそうです。知り合いが取り持ってくれて、お志津が伊勢屋に奉公したのは、その年、流行したコレラのせいで、お志津を除く家族全員が歿りました。一人生き残ったお志津は働かなければ食べて行けません。十二かそこらで他人の飯を食うことになったようです」

宇治川屋の事件がほぼ、解決した土曜日の昼下り、バーンズ診療所へやって来た源太郎の話を、麻太郎はともかく、バーンズ先生もたまき夫人も、バーンズ先生の姉のマギー夫人もあっけにとられた顔で聞いている。

「お志津って人はよくよく不幸せなんですかね。奉公先の若旦那、金之助に見初められて男の子を産みまして、これが清二郎といいます」

「ちょっと待った」

手を上げたのはバーンズ先生で、

「清二郎ってのは、宇治川屋の番頭の清二郎と同一人物だな」

源太郎がまあまあと制した。

「そうなんですが、それはそれとして……もう少し、わたしの話を聞いて下さい」

「リチャード、おとなしく話を聞きましょう」

マギー夫人が弟をたしなめ、源太郎が咳ばらいをして続けた。

「お志津の第二の不幸は清二郎という子まで生まれたのに、奉公人を伊勢屋の女房には出来ないと金之助の父親である孝太郎が反対してとうとう正式に夫婦となることが出来なかった。もう一つ、長助が御一新以前の伊勢屋と昵懇であった町名主の岡島家の女隠居のお亀さんから聞き出して来た話を御披露します。ついでながら、お亀さんは当年とって八十七歳、耳は少し遠くなっているが、記憶は抜群で町内の昔のことならお亀さんに聞いてみろ、まず百に一つも間違いはないといわれている凄いお婆さんです」

そのお亀の記憶によると、伊勢屋孝太郎には本妻との間に金之助とおたまという二人の子があったが、その外に、幼馴染の娘との間に男児が一人誕生していた筈で、その子は何故か母親の手許で成人して、伊勢屋へ引き取られたのは、孝太郎の本妻が死んでからだという。

「つまり、その子が孝兵衛だとお亀婆さんはいっているのです」

再び、バーンズ先生が手を上げた。

「そいつは可笑しいよ。伊勢屋、いや、今は宇治川屋か、そこの主人の孝太郎には女房との間に金之助とおたまという二人の子がいる。それとは別に孝太郎には幼馴染との間に子供がいて、それが孝兵衛だとすると、おたまと孝兵衛は母親の異なる兄妹じゃないか。夫婦になれるわけがない。もし、そうなら人間の道に背《そむ》くことになるぞ」

源太郎が弱り切った声を出した。

「おっしゃる通りです。ですが、長助が訊いて来た限りではそういうことになるのです」

すでに金之助は若死し、おたまも病死している。肝腎の孝太郎もとっくに黄泉の客となっていた。

マギー夫人がきびしい声でいった。

「今のこと、おなつさんという人は知っていないのでしょうね」

麻太郎が源太郎を見、源太郎が汗を拭きながら合点した。

「長助は、知らない筈だと申しました」

バーンズ先生が大きく両手をふり廻した。

「今の話は、みんな忘れることだ。いいね」

マギー夫人が胸の前で十字を切って合掌し、麻太郎はバーンズ先生の目をみつめ、合点した。

「勿論、他言は致しません」

源太郎が頭を垂れた。

「御不快な思いをさせてしまって申しわけありません。以後、気をつけます。どうか、お許し下さい」

バーンズ先生が二人の若者にうなずき、奥へ入り、マギー夫人は薬剤室へ閉じこもった。

源太郎が友人の顔を見た。

「ごめん。俺はどうしてこんなに馬鹿なんだろう。君に愛想を尽かされるようなことばかり持ち込んで来る……」

その肩を麻太郎が叩いた。

「別にわたしは何とも思わない。世の中には廻り廻って知らぬ中に泥沼に墜落する場合もある。それに、一番、苦しんでいるのは当事者だと思うよ」

「おなつさんがなにも知らず、清二郎と夫婦になって幸せになってくれればよかったのかな」

麻太郎が友人をみつめた。

「そんな話があったのか」

「長助が聞いて来たんだよ。おなつさんは清二郎が好きらしいが、歿った孝兵衛さんは清二郎をおふゆさんと一緒にして宇治川屋を継いでもらいたいと親しい人に話していたそうだ。お内儀さん、つまり、おふゆさんの母親のおさんさんも喜んでいたというからね」

「おなつさんの気持も考えずにか……」

「だから、こういうことが起ったんだ」

源太郎が彼らしくない大声を出した。

「家族というのは人の集まりだろう。一人一人が自分のことばかり考えていたら、うまく行くわけがないじゃないか。おさんという孝兵衛の後妻だって自分の娘の幸せばかりを願って、義理のあるおなつさんに対して思いやりのかけらもみせない。実家が八王子の金持で、傾きかかった宇治川屋に大枚の援助をしたのを自慢にして何かにつけておなつさんを無視していたそうだ」

麻太郎も思い出していた。

おなつとおふゆの姉妹がバーンズ診療所へ来た際、おなつがバーンズ先生や麻太郎に、

「いつも、お父さんがお世話になりまして」

と挨拶したのを、その場で馬鹿呼ばわりをして訂正してみせたおふゆの口調は容赦がなく、姉妹の情愛などまるでなかった。

おそらく、おふゆの姉に対するそういった態度を母親のおさんも黙認していたであろうか

ら、それではおなつが継母にも妹にも敵意を抱いても仕方がない。同時におなつのほうにも継母に馴染もうとする努力もせず、妹をねたましく思うばかりで心を許さないかたくなさがあったような気がする。麻太郎に対して、

「自分は殺されるかも知れない」

なぞと根拠もないのに口走って同情を求めようとしたことなど、継母や妹に対して憎しみしか持ち合せていない。

いってみれば自ら不幸を招いているのに、どちらもそれには気づかないで、更に不幸を招いてしまう。そんなことを考えていた麻太郎は日頃の彼らしくもなく険しい表情になっていたらしい。源太郎が心配そうに自分を見ているのに、はっとして麻太郎は笑い出した。

驚いたように源太郎が、

「どうした」

と訊き、麻太郎はぼんのくぼに手をやった。

「人とは厄介なものだと思ってね」

源太郎も少し笑った。

「そういうものかな」

「ああ、そういうことだ」

源太郎が帰り、麻太郎は二階の自室へ入った。窓の向うにどんよりと垂れた雲をもて余し

ているような空が広がっている。軽く頭を振って、麻太郎はランプをひき寄せ、点火してから読みかけの医学書を開いた。

千春の婚礼

一

清野凜太郎と神林千春の婚礼が行われたのは重陽の節句の日、場所は麴町の清野家であった。

当日は前もって打ち合せた通り、早朝に神林麻太郎が築地のバーンズ診療所を出て、大川端町の「かわせみ」へ行く。

昨夜まで降っていた雨はすっかり上って今日の秋晴れを予告するような陽の光が江戸の頃とあまり変っていないこの辺りの風景をさわやかに照らし出していた。

「かわせみ」の店の前には、今しがた清掃を終えた恰好の大番頭の嘉助と若番頭の正吉が並んで東の空に合掌礼拝をすませた所で、

「若先生」

と正吉が声をはずませ、

「こりゃあ、お早いことで……」

本日はまことにおめでとう存じます、と腰を深くかがめた。その挨拶に応えてから、

「いい天気になったね。千春の奴、赤飯に茶をかけて食ったことがなかったのかな」

と笑った麻太郎の声にかぶせて、

「残念でした。お兄様ではあるまいし、私はそんな行儀の悪いことは致しません」

当人が威勢よく顔を出した。

「随分、寝起きのいい面《つら》がまえだな」

「いけませんか」

「古来、洋の東西を問わず、嫁入り前夜の花嫁は万感胸にせまって寝そびれるというんだぞ」

「そういえば、お兄様、寝不足みたい。千春を嫁に出すのが惜しくて惜しくて眠れなかったんでしょう」

「なんだと……」

「わぁい、わぁい、可愛い妹、嫁に出す。鬼の兄様、目に涙……わぁい」

「この馬鹿……」

逃げ回る千春の手を摑んで、麻太郎は千春の柔かな頰を伝っている涙に気がついた。

「どうした。なにかあったのか」

千春が激しく首を振った。寝起きのままのほつれ毛が濡れた頰にからみついている。

「いいなさい。何が悲しくて泣くんだ」

「お兄様にはわかりません」

「だから、わかるように言いなさい」

「お嫁に行くの、やめます」

「理由は……」

「知りません。お兄様の意地悪……」

おいおい泣きながら奥へかけ込む千春を追って麻太郎も入口をくぐった。

そこに嘉助と正吉が突立っている。

正吉はおろおろし、嘉助はぼんのくぼに手をやっている。

「千春、どうかしたのか」

と麻太郎が訊いたが、二人ともうつむいて答えない。

止むなく、草履を脱いで奥へ続く暖簾口を入ろうとすると、そこにるいが立っていた。

なにかいいかけようとする麻太郎に、指を一本、唇に当てる。

「ごめんなさい。あの子、途惑っているみたいで……」

「途惑う……」

「なんといえばよいのでしょうね。楽しくもあり、不安でもあり、嬉しいような、心細いような、自分でも自分の気持が摑みにくい。嫁入りする時の女心とでもいったら麻太郎さんにわかって頂けるかどうか……」

そっと麻太郎の肩を押すようにした。

「行ってやって下さい。千春は貴方に甘えたいのかも知れません」

わけがわからないながら、麻太郎は暖簾をくぐってるいの居間へ向った。

勝手知った家の中である。

千春は縁側に腰を下し、いつも二人分おいてある庭下駄の一つに足を乗せていた。その目の前に萩の花が咲いている。

「ねえ、お兄様……」

今、泣いたのが嘘のような明るい声であった。

「萩の古名を御存じ……」

「こめいだと……」

「古い名前です」

「知らないな」

「秋知草《あきしりぐさ》……秋が来たのを知らせるからですって……」

「ほう……」

「紫の萩の花は千春、白い萩は凜太郎様、麴町の家の庭では、どちらも今、まっ盛りに咲いています」

それがどうしたと憎まれ口を叩くのを麻太郎はやめた。妹にとって今日はハレの日だ。

「そりゃあ、めでたいな」

「嬉しい。お兄様なら、必ず、そういって下さると思った」

「凜太郎はいい奴だ。あいつなら千春を必ず守ってくれる」

るいのいった、嬉しいような心細いような千春の気持というのを、麻太郎は受けとめた。

「夫婦喧嘩をしたら、お兄様の所へ行きます。ここへ帰って来たら、お母様に心配をかけますから……」

「そうだな。いつでもバーンズ診療所へ来いよ」

「マギー夫人とたまきさんは女だから千春の味方についてくれるでしょう。バーンズ先生とお兄様は……」

「わたしは千春の味方をしてやるよ」

「でも、そうしたら凜太郎さんが可哀想……」

「喧嘩の原因にもよるな。凜太郎のいい分が正しければ、わたしは凜太郎につくよ。そうすれば三人と三人、引き分けだ」

到底、馬鹿々々しくて人には聞かせられないな、と思いながら、髪結いさんが来ましたとお吉が千春を迎えに来るまで兄妹のじゃれ合いを続けていた。

やがて、狸穴《まみあな》から麻生宗太郎と神林通之進《みちのしん》、香苗《かなえ》の夫婦が到着し、あらかじめ決めてあった通り、揃って軽い食事を摂った。

それが済むと、るいが、

「麻太郎さん、お召しかえを……」

とうながして、麻太郎は居間へ行く。

用意されていたのは源氏車の家紋の黒紋付でるいが躾糸を手ぎわよく抜く。

眺めていた宗太郎が訊いた。

「東吾《とうご》さんのを仕立て直したのですか」

「はい。裄《ゆき》が一寸、丈は一寸五分、麻太郎さんのほうが大きくなって……新しくしようかと申しましたのですが……」

麻太郎が白足袋を履きながら代りに答えた。

「わたしが無理をいったのです。千春の嫁入りですから、どうしても父と一緒に……で、これを着ることにしました」

通之進が微笑した。

「弟の分際で、なりばかりでかくなってというのが、わたしの口癖だったが、麻太郎があいつよりも大きくなるとは、歳月怖るべしだな」

という通之進も並んでいる麻生宗太郎も日本人の男としては上背のあるほうだが、麻太郎はそれよりも高い。総体に筋肉質で肩幅も胸幅もあるが、背丈のせいで細身に見える。で、洋服も似合うが、やはり日本男児で紋服に仙台平の袴がぴたりと決っている。

なによりも、そこにいる人々にとって麻太郎の姿がありし日の神林東吾を彷彿《ほうふつ》とさせているのは、当人である麻太郎にもよくわかった。

やがて、清野家からさし廻しの馬車が到着し、「かわせみ」に集った一行は花嫁とその母を取り囲むようにして麴町へ向う。

清野家は広い敷地の中に二棟が渡り廊下でつながれている造りであった。

奥の棟は舞台のある稽古所になって居り、控えの間が五部屋ほどと台所や手洗場が北側にある。

表玄関は門扉を開け放ち、敷石には打ち水がされていた。門から表玄関までは左右に弟子家の者が正装で居並び、玄関脇には執事の尾辻宣彦と妻の里子が出迎えている。

白無垢の花嫁の左右には、これも前もって決めてあったように、るいと神林麻太郎がつき添い、神林通之進夫婦、麻生宗太郎が続いた。更にこちらはもう一台の馬車で来たバーンズ先生に、たまき夫人、マギー夫人で、バーンズ先生はフロックコート、たまき夫人は色紋付、マギー夫人は夜会服と各々だが緊張の中にも満面に笑みを浮べ、玄関では日本風に靴を脱いで上り、不安そうに見守っていた弟子家の人々をほっとさせた。

表座敷には金屛風が立て廻され、新郎新婦が向い合って着座すると尾辻夫婦が三宝《さんぼう》に載せた土器《かわらけ》と長柄の銚子《ちょうし》を各々に持って進み、一礼して定めの席につく。

正面の床の間に掛けられている伊奘諾《いざなぎ》、伊奘冉尊《いざなみのみこと》の御名の書かれた軸を前にして厳かに三々九度の盃事が行われるのを一座の者達は神妙に見守った。

そして麻太郎は土器を持つ凜太郎と千春の手がぶるぶる慄え、双眼に涙が流れ落ちるのを感慨無量の想いでみつめていた。

儀式は滞りなく進み、最後に凜太郎の叔父に当る高辻寿麿《ひさまろ》、通称を寿太郎というのが妻の佐奈子と共に、清野家を代表して出席者に挨拶し、改めて新郎新婦は神前に玉串を捧げた。

別席に移った出席者はくつろいで茶菓のもてなしを受け、それから用意された馬車に分乗して築地の「精養軒」へ移って祝宴となった。

精養軒はホテルとしての営業もしているので、新夫婦はその夜だけここに泊り、翌日、新橋駅から横浜へ発ったのは、結婚した凜太郎に対して式部寮から七日間の休暇が与えられたので、

「この際、二人でゆっくりしておいで。どっちみち帰ってくれれば多忙が待ちかまえているのだから……」

と親代りをつとめてくれた叔父夫婦に勧められたからでもある。

新橋駅へ見送ったのは麻太郎とたまき夫人だけとなった。

あまり大勢でぞろぞろと出かけては新郎新婦が気を使うだけだからという配慮で千春は改札口でたまき夫人が渡してくれた花束を手にし、凜太郎は二人分の旅行鞄を下げている。

汽笛が鳴り、ゆっくり蒸気機関車がプラットホームから遠ざかって行くのをみつめていた麻太郎にたまき夫人がささやいた。

「なんだか、淋しいような気がしますよ。わたしは子供がありませんが、我が子が結婚して旅立って行くのを見送る親の気持は、きっとこんな感じなのかと思いますね」

それに応じようとして麻太郎は雑踏の中を乱暴に人を突きとばしながら走って行く男女に視線が行った。

改札口で駅員に大声で何かを告げているのが部分的に聞えて来るので、どうやら、その二人が今、発車した横浜行に乗り遅れたようだとわかる。

「麻太郎、帰りましょうか」

いいかけたたまき夫人が、急に背のびをして改札口のほうをふりむき、誰かを探すような素振をしたので、麻太郎が訊ねた。

「どなたか、知り合いの人でも……」

といいかけるのに、

「今の……女の人は……たしか……」

答えを求めるように麻太郎を見る。

「二人連れの……今駅員と話をしていた……」

「乗り遅れた男と女の二人連れですか」

たまき夫人の目にも二人が映ったのかと苦笑しかけると、

「麻太郎さん、見憶えありませんか。随分と前のことですけれど……うちの診療所へ来て……」

「急患ですか」

「いえ、あの……ひどくいばった口のきき方をするので……。ああ、思い出した」

日頃、慎み深いたまき夫人が大声を上げたので麻太郎は驚いた。通行人が二人を不思議そうに眺めて行く。

麻太郎はたまき夫人をさりげなく片すみに導いた。

「何を思い出したんです」

「あの人でした。ほら、麻太郎さんを訪ねて来て……清野さんの兄嫁さんでしたっけ」

「凜太郎君の兄嫁……須美子さんのことですか」

「あの方、昨日の御婚礼の席にみえませんでしたね」

「清野家を離縁になった、いや、凜太郎君の兄上が歿《なくな》られて、その後、清野家から除籍して実家へ戻ったと聞いていますが……」

「今、むこうへ行った二人連れの女の方がそうですよ。天下の大道をまるで自分達のものだといわんばかりに……」

たまきさん夫人の言い方が可笑しくて、麻太郎は肩をすくめた。

「たまきさんは記憶力がいいですね。わたしはどこかで見たといった程度で……」

「嫌な女でしたもの。よかったわ。あんな人が義理でも凜太郎さんの義姉《ねえ》さんではなくなって……」

麻太郎にうながされるようにして歩き出しながら、たまき夫人が安心したように言う。

もう見えなくなった二人連れの行方を眺めるようにして、

「お連れの方《かた》、どういう人かしら」

好奇心を口に出した。

男のほうには麻太郎も見憶えがなかった。

背丈に対して頭と顔が大きい。太い眉の下の眼は瞼が厚く垂れ下っていた。右の頬に大きな黒子《ほくろ》があるのが特徴といえば言えた。

青い木綿のシャツに同じような色の股引をはいている。履物は下駄であった。

そうした風俗を以前に見たのは居留地に続く雑居地域と呼ばれる場所で、そこに住むのは多くが清国人である。彼らは居留地の領事館や公使館に下働きでやとわれるか、雑居地域で小商いをして暮している。

兄嫁であった須美子は寡婦となって実家へ戻ったと聞いていたが、その須美子が清国人風の男と伴《つ》れ立って歩いているのは麻太郎には少々、奇異に見えた。

しかし、もはや須美子は清野家とは縁が切れているし、須美子がつきまとっていた凜太郎は晴れて千春と夫婦になって横浜へ発った。

麻太郎が須美子を気にする必要はない筈である。

新橋から銀座へ出て、麻太郎とたまき夫人は近頃、バーンズ先生が大好物の一つにしている餡パンを買って築地の診療所へ帰った。

二

バーンズ診療所における麻太郎の毎日は、千春の嫁入りの前後を除いては相変らず判で押したように変化がなかった。

午前中はもっぱら診療所で患者を診《み》て、午後からは往診に出かける。夜はバーンズ先生とさまざまな病気に対して質疑をかわすこともあるし、新しく入手した医学書を読む場合もあった。いずれにせよ、医者としての日常に大きな変化はないのだが、どういうわけか時折、外からとんでもない事件が持ち込まれる。

持ち込んで来るのは患者のこともあるが、最も多いのは親友の畝源太郎、花世の夫婦であって、兄弟のない麻太郎にとって源太郎夫婦は子供の時からの兄弟以上の存在なので、嫌な顔もせず、事件解決に尽力し、それが当事者にはすまない言い方ながら、或る種の気分転換になっている例もある。

その日曜日、バーンズ診療所の前庭に植えてある菊の手入れをするマギー夫人の手伝いをしていた麻太郎の前に、どことなく気落ちしたような表情の畝源太郎がやって来た。

マギー夫人に挨拶をして少しばかり咲きかけの菊を誉めちぎっていたが、如雨露《じょうろ》に水を入れようとマギー夫人が裏口へ入ってしまうと、低声《こごえ》で、

「少しばかり、いいかな」

遠慮そうにいう。

「どうした。風邪でもひいたのか」

と麻太郎が案じたのは、いつもの源太郎にしてはひどく元気がないように見えた故である。

「そうじゃないんだ」

少しばかりくぐもった声でいい、源太郎は自分の足許に視線を落した。菊の咲く季節だというのに素足であった。それはまだしも履いている下駄が女物である。

麻太郎がそれを指摘する前に源太郎が気付いた。

「いけねえ。うっかりして花世さんの下駄を履いて来ちまった」

「花世さんに何かあったのか」

麻太郎の声が改まって、源太郎はぼんのくぼに手をやった。

「何かというほどのことではないんだが、このところ気分が秀れないといい出して、今日、起きてみたら、枕許にこんなものがおいてあったんだ」

手に握っていた紙片を麻太郎にさし出した。

子供が手習いに使うような半紙に、

気になることがあるので狸穴の

方月館へ行って来ます

と書いてある。

「気になることって何だ」

「知らないよ。見当もつかない。長助の所へ行って訊いてみたが、何も聞いていないといわれたんだ」

「喧嘩でもしたんじゃないか」

「してないよ。第一、喧嘩してあやまるのはいつだってわたしのほうだし……」

「花世さんに出て行かれて、胸におぼえはないのか」

「ない……」

「源太郎君にはなくても、花世さんにはあるのかも知れないぞ」

「ないよ。絶対にない」

「例えば、花世さんが大事にとっておいた饅頭を君が食っちまったとか」

「逆だよ。わたしが後で食べようと思っていたのを、花世さんが食った」

「怒ったのか」

「怒るわけがない。そんな事は日常茶飯事だ」

「花世さんのへそくりをみつけて、黙って遣ってしまったとか……」

「そんなことをしたら、ぶっ殺されるよ」

二人の背後でマギー夫人が笑い出した。手に水を汲んで来た如雨露がある。

「二人とも落付きなさい。花世さんの行った先はわかっているのでしょう。でしたら、すぐ、そちらへ向ったら……あれこれ、さわいでいるより、御当人に理由を訊いてみるのが一番早いですよ」

源太郎が麻太郎に救いを求めた。

「一緒に行ってくれるか」

「バーンズ先生にお許しを頂いてくる。待っててくれ」

麻太郎が診療所へ駈け込み、源太郎はマギー夫人にお辞儀をした。

「毎度、厄介を持ち込んですみません」

「源太郎。日本にはよい格言がありますよ。雨降って地かたまる、でしたか。夫婦喧嘩は男性からあやまるのが賢い解決策です。女性にあやまらせるのは野蛮人のすることです」

靴を履き、上着を摑んで麻太郎が出て来た。

「それでは、ちょっと行って参ります」

「狸穴の御両親によろしくね。場合によってはひと晩、親孝行をしていらっしゃい」

「ありがとうございます」

「気をつけて行くのですよ。慌てて馬車などにぶつからないように……」

源太郎と共に走り出した麻太郎の姿が道の角をまがって見えなくなるまでマギー夫人は手をふり続けていた。

「いつも思うことだけどね。麻太郎君は幸せだな。バーンズ先生もマギー夫人も君が我が子のように見えるらしい」

並んで小走りに歩きながら源太郎が呟き、麻太郎は友人の一人言を無視して訊いた。

「本当に思い当ることはないのか」

「ないよ」

「君が浮気をするとは思わないが……」

源太郎の声が飛び上った。

「冗談も休み休みいってくれ。誰が浮気なんぞするか」

「花世さんが誤解したという懸念はないかな。君は誰にでも優しい。親切だ。しかし、女性は一般的に好きな相手を独占したい気持が強い。或る意味での焼餅だ。君が近所の娘に頼まれて薪を割ったり、豆腐を買って来てやったりしたのを花世さんが見て……」

「そういうのはないが……」

「何か、あるんだろう」

「一軒隣りの家の内儀《かみ》さんが手の届かない所へ膏薬を貼ってくれというから……」

「それだよ。大方、きわどい所まで……」

「肩甲骨の内側だよ。その婆さん、腰が曲っていて……」

「婆さんだと……」

「たしか、還暦を二つ三つ出ていると思う」

「この野郎……」

麻太郎が笑い出し、源太郎も笑った。

笑いすぎて息が切れ、道端の店で麻太郎がラムネ水を二本買って各々に飲む。

「全く源太郎と話をしていると調子が狂うな」

濡れた唇を手でこすりながら麻太郎が続けた。

「今、ちょっと思ったんだがね。その昔、君の父上とわたしの父が、同じような話をして笑い合っていたような気がして……」

その二人の父は、どちらもこの世の人ではない。

ラムネ水の瓶を店へ返し、二人は黙々と道を急いだ。

狸穴の方月館は旧幕時代、松浦方斎という直心影流の剣士が開いた剣道場であった。

その方斎が晩年、知己であった斎藤弥九郎の推挙によって神林東吾に道場をまかせ、以来、東吾の兄である通之進とも水魚のまじわりを持つようになった。

その縁で、通之進はまだ江戸町奉行所の与力の職にあった頃、方月館に隣接する土地を地主からゆずり受けて将来、隠居所にと心づもりをしていた。で、幕府が瓦解《がかい》し、八丁堀の組屋敷を立ちのくに当って、その土地に家を建て家族と共に移り住んだ。

また、方月館は松浦方斎歿き後、その遺言により神林通之進に、

「如何ようとも世に役立つ使い途《みち》あらば、御存分になされたく……」

という方斎の志と共に遺贈された。で、通之進は、やはり松浦方斎が生前から交誼のあった麻生宗太郎に方月館を医療の場にしてはと勧め、新しく方月館診療所が開設されたといういきさつがある。

麻生宗太郎は将軍家の御典医の一人、天野宗伯の子で、若年にして西洋医学を志し、長崎に留学し蘭方医の先覚者であると同時に漢方にも通じていて、神林麻太郎の英国留学には、この人の配慮と強い推薦があっての上で、帰国後の今も深い交流がある。

なにしろ、麻太郎の実父と親友の仲であり、幼少から両親として麻太郎を慈しみ育ててくれた通之進と香苗の夫婦は、通之進が実父の兄に当り、香苗の妹の七重《ななえ》は天野宗太郎と夫婦

になって香苗の実家である麻生家を継いだ。

その中《うち》、御一新の混乱期に麻生家では他出していた宗太郎と娘の花世を残して一家が惨殺され、神林家では麻太郎の実父は行方不明となって生死のほどもわからない。

いってみれば、狸穴の方月館は神林家と麻生家の生き残った者達が心を寄せ合って暮している場所であり、築地居留地のバーンズ診療所で働いている麻太郎の実家であった。

その意味では心からくつろげるし、少年の日に戻ったような安堵がある。

また、畝源太郎にしても妻の花世は麻生宗太郎と七重の間に誕生した長女であるから、この家族に身内意識も持っているし、親近感もある。少くとも、下手な気兼ねをしなくてよい家であった。

方月館の入口は簡略な門があって、まっ直ぐに入った先に玄関がある。扉は最近、つけ替えた西洋風のもので、源太郎は少々、途惑ったが、麻太郎が把手《ドアノブ》を引くと鍵はかかって居らず、容易に開いた。

ちょうど患者を送り出すところで、白衣を着た麻生宗太郎が立っている。二人を見て、

「やあ、来たか」

といった声が驚いていないのは、あらかじめ二人の訪問を予期していたものと見えた。

患者が礼をいって帰り、宗太郎が源太郎にいった。

「まず間違いはない。今の所、妊婦の健康状態はすこぶるよいから心配はないが、仕事のほ

うはいずれ休職か退職を考えねばならないだろう。当人は辞めたくないらしいが、現実に子育てをしながら外に職を持つというのは大変だよ」

花世は数年前から築地居留地に住む宣教師で日本における学校教育に力を注いでいる米国長老教会のクリストファ・カロザス夫妻の許で助手として働いており、カロザス夫妻が設立した居留地のA六番女学校にも勤めていた。けれども、夫妻が帰国した後は居留地の外国人に求められて個人的に日本語を教えたり、子供達の扶育をしたりと、けっこう仕事先に不自由することはなかった。

そうした内助の功に助けられて、源太郎は独学で司法の勉強をし、更に神林通之進が旧幕時代に昵懇にしていた大内寅太郎という法学者に依頼して書生の名目で法律を学ばせた。その結果、勧められてこの年の司法試験を受け、合格して目下、大内先生の許で働いている。

従って、収入はそれほど多くはないが、花世はみかけによらず倹約家なので少々の貯えも出来ていて、まあ親子三人、慎ましく暮して行けるほどのことはあった。

そうした内情を源太郎が説明し、

「花世さんにはなるべく早く、仕事をやめてもらいます。茶碗より重いものは持たせませんし、掃除、洗濯も全部、わたしがやるようにします」

大真面目でいい、

「そこまですることはない。体を冷やしたり、過激な運動をするのを気をつければいいので、むしろ日常と同じように振舞っているのが出産を軽くするものだ。わたしも時々、様子を見に行くし、君達の家の近くで適当な産婆がいないか、心当りに訊ねてみるよ」

苦笑まじりに宗太郎が逆上気味の源太郎を制した。

実際、気晴しにその辺を散歩して来たという花世には、ちゃんとおとせがついているし、やがて用意された昼飯の膳に並ぶと、花世の食欲はすこぶる旺盛で、自分の好物があると源太郎の膳の上のまで箸を延ばしている。それを亦《また》、源太郎が嬉しそうに鉢ごと花世の膳の上へ廻したりしているのを、麻太郎はやや憮然として眺めた。

その上、午後になると宗太郎から、

「これは最近、入手したものだが、わたしはもう読んでしまった。外国の風土病について、貴重な報告が載っているので、よかったら持って帰って読みなさい」

と渡された書物を開いていると、遠慮がちに入って来た源太郎が、

「花世さんが寂しがっているので、今夜はここへ泊めてもらうことにするよ。明日は大内先生の事務所が開く前にむこうに着くようにして帰るので、すまないが、何分よろしく……」

という。一瞬、麻太郎は絶句したが、夫婦の情とはそういうものかと思い直して、

「それでは、わたしはぼつぼつ帰るから……」

花世さん、お大事に、と笑顔を向け、宗太郎や通之進夫婦には、

「バーンズ診療所に来ている患者で少々、気になる人が居ますので……」

と取り繕って狸穴の方月館を出た。

「ちょうど沢山、作りましたのでお荷物でしょうが……」

とおとせが持たせてくれた小豆餅の包みを手に飯倉の方角へ歩いて行くと、前方に突っ立ってこっちを眺めているのが桶屋の仙五郎《せんごろう》であった。

むこうも麻太郎を認めて走って来る。

「若先生、お久しぶりでございます。御無沙汰ばかりで申しわけのねえことで……」

方月館にお出でなさいましたんで、といわれて麻太郎は屈託なく笑った。

「源太郎君と来たんだ。あいつは方月館へ泊るんだが、わたしはそうも行かないのでね」

「そりゃあ、若先生はバーンズ先生の診療所がおありなさいますから……」

「残念ながら、貧乏暇なしという奴さ」

改めて仙五郎の背後にいる初老の男を見た。

人品骨柄卑しからずといった感じだが顔は青ざめ、小刻みに慄えている。

「どうかしたのか」

麻太郎が訊ね、仙五郎が地獄で仏という表情になった。

「それがその……或る日、急に人がその、まるで変っちまうなんてことがあるんでござんしょうか」

苦笑して麻太郎は向い合っている二人を眺めた。

「人柄が変るということか」

日頃は虫も殺さぬような大人しい人間が、何かの理由で突然、狂暴になった、とでもいうようなのは、時折あると麻太郎は答えた。

「それなら、理由を明らかにすれば……」

「違いますんで……」

「どう違う……」

「顔形も違う人間が、一人になっちまって、人が殺されたんでございます」

二人の立っている道を風が吹いた。

太陽は雲間に入り、道の左右に広がっている薄《すすき》の原からざわざわという葉ずれの音が立ち登って来た。

三

到底、道端の立ち話で済むとは思えないと考えて、とりあえず麻太郎が仙五郎とその連れらしい男を近くの寺の境内に出ている茶店へ導いた。

このあたりでは有名な古刹だが、秋も深まり行くこの季節、午後ともなれば参詣客の姿は少ない。

縁台に腰を下し、改めて麻太郎がうながすと、仙五郎が平身低頭して連れの男に麻太郎の身分を告げ、相手は土下座せんばかりの恰好で挨拶をした。

「お初《はつ》にお目通り致します。手前は林田理兵衛と申します。こちらの仙五郎親分には古くからお世話になって居りまして……」

仙五郎が慌てて手を振った。

「いけませんや、旦那、そりゃあ、あべこべで……」

麻太郎は苦笑して林田理兵衛と名乗った相手を眺めた。年齢は五十をいくつか出ているようだが、痩せぎすで背が高い。物腰は柔かいが押し出しはなかなかのものである。

相手によっては尊大にかまえる人柄ではないかと思いながら、麻太郎は丁重に礼を返した。

その後で仙五郎に、

「人が殺されたといったが、巡査に届けたのか」

と訊いてみた。

幕府が瓦解して新政府が発足してから、東京の市中取り締りに関して旧藩士の中から三千人を集めて邏卒《らそつ》と称し、任務に当らせたが、明治五年八月に司法省内に警保寮が設置されると、一応、その管轄下においた。

それが明治七年に内務省に移され、犯罪捜査は司法警察、犯罪を防ぐのは行政警察と分離されている。続いて東京警視庁が創設されると邏卒は巡査と名称を改め、一応、制服を着用

するものの、武器は棍棒であった。

すべての巡査に帯剣が許可されるのは明治十六年五月からのことで、旧幕時代のように町の各所に辻番小屋があり、定廻り役の同心が小者を伴って町廻りをする習慣もなくなったし、それらの同心が身銭を切って岡っ引と呼ばれる配下から町の情報を集めたり、場合によっては捕物が行われたりといった例はなくなった。

けれども、通称、岡っ引として働いていた人々の大方は別に本業を持っていて、例えば仙五郎のように親代々、桶職人で当人が捕物好きで稼業の傍《かたわ》ら、同心の旦那から手札を頂いて町内の事件の解決に働いて来た者も少くない。

更にいえば、発足して間もない新政府には予算がなくて巡査の数も少く、事件が起っても速やかに対応出来る人材は更に乏しい。

そのあたりは庶民のほうも心得ていて、何かといえば、昔馴染の岡っ引の親分を頼りにするのが当り前のようになってもいた。

で、念のために、麻太郎は巡査に知らせたかと口に出したのだが、果して理兵衛が忌々しそうに答えた。

「ここらあたりに、そんな気のきいた者は居りませんよ。第一、お江戸が東京になったってのも、まだ、よくわからねえ年寄がごまんといるんでございますからね」

仙五郎が慌てて理兵衛を制し、麻太郎は仙五郎に訊いた。

「人が殺されたといったな」

「へえ」

「それは、どこだ」

「こちらさんの家で……すぐそこの竹林のむこう側でござんす」

「案内してくれ。様子を見よう」

「有難てぇ。地獄で仏でござんす」

仙五郎が先に立ち、麻太郎が続いた。いくらかためらって理兵衛がついて来る。

孟宗竹が三、四十本も生い茂っている脇の小道を行くと土塀があった。

藁葺き屋根ながら豪壮な母屋を中心に、おそらく小作人の住居であろう二棟ばかりが建っている。そのあたりに人がかたまって臆病そうにこっちを見ていた。

仙五郎がその一人に声をかけ、母屋へ走り込む。

「若先生……」

ふりむいた顔がひきつっている。

麻太郎は仙五郎と代って、彼が目にしたものを眺めた。

太い梁《はり》から荒縄が下っていて、途中から切れていた。その下に、男が倒れている。男の首にも荒縄が巻きついているのからして、首吊りか、或いは。

かがみ込んで調べていた麻太郎が仙五郎に手伝わせて首の縄をはずした時、奉公人らしい女が駈けつけて来た。死体を見るなり、べったりと座って泣き出した。理兵衛が女に訊いた。

「捨松か」

女が激しく首を振った。

「いいえ、政吉坊っちゃんでございます」

「政吉……」

とりすがって泣いていた女が死体の懐から位牌を取り出した。

「これは……お喜久ちゃんのお位牌……」

いつの間にか集って来ていたこの家の奉公人の間から声が上った。

「気の毒に……」

「かわいそうに……」

「なんということを……」

種々雑多な歎《なげ》きの言葉を耳にして麻太郎はさりげなく、その場所を離れた。後を追って来た仙五郎に必要と思われることをざっと訊いてから方月館診療所へひき返す。

秋の日は暮れるのが早くて、麻太郎が診療所に隣接する両親の住居へ着いたのは夜になってであった。

「まあ、麻太郎、どうしました」

築地のバーンズ診療所へ帰った筈の息子を迎えて香苗が素早く麻太郎の全身へ目をくばっ

たのは、衣服が乱れていないのを確かめるためで、但し、ここから帰る際、おとせが渡した小豆餅の包みはない。が、それは訊ねる前に麻太郎が釈明した。

「申しわけありません。帰り道で仙五郎に会いまして、家族の土産に渡しました」

「それはよいことをしましたね。小豆餅はまだ、たんとあります。それに、ちょうど晩餉の支度をする所ですから、麻太郎は口運《くちうん》の強いこと……」

深川の長助がよく女菩薩に例える香苗の笑顔は極めて自然であった。

居間には通之進と宗太郎が晩酌を始めたところで、源太郎夫婦の姿はなかった。

「花世が悪阻《つわり》の時期でね。夫婦二人だけのほうが気を使わなくてよかろうと離れの部屋へやった所だ。胎教に悪いなぞと心配する必要もないから、帰り道に出会ったことについて洗いざらい話してみるといい」

宗太郎が笑いながらいい、通之進は自分の盃を麻太郎に持たせて酌をした。

酒の力を借りるまでもなく、麻太郎が今日の一件を話し、それから仙五郎に聞いた林田家について語り出すのを、通之進は手近かにある机に向って筆を取り、あり合せの半紙に要所要所を拾い書きして行く。と見て、宗太郎が硯に水を足し、さりげなく墨をすり下す。

「林田理兵衛と申すは狸穴あたりの大地主とのことだが、首をくって居った政吉は理兵衛の倅じゃな」

「はい」

「母親は……」

「お由紀と申すとか」

「健在か」

「あ、いえ、仙五郎の話にては数年前、行方知れずになって居ります」

「実家は……」

「同じ狸穴在の農家の生まれですが、お由紀が嫁ぐ以前、火災にて一家全てが焼死したそうです。お由紀が生き残ったのは、当時、林田家へ奉公に出ていた故とか」

「お由紀が身を寄せられる親類縁者はなかったのであろうな」

「そのようです。お由紀はそのまま林田家に奉公し、理兵衛の女房が病気がちであった故、その子の政吉の世話をし、政吉が三歳の時、実母が歿ったので、以来、理兵衛の女房同然の身となったと申します」

「入籍はして居らぬのだな」

「仙五郎はそのようにいって居ります」

首をくくって死んでいた政吉は実母とは死別、養育してくれたお由紀は行方不明ということになる。おそらく近所の者はそうした事情を知っていたから、政吉に対して哀れみの声を上げたのであろうと麻太郎は思った。

「ところで、麻太郎は政吉と申す者は自ら死んだと思うか。少くとも、或る者の手によって自死とみせかけ殺害されたとは考えられぬか」

通之進の問いが核心に入って麻太郎は考えていたことを口にした。

「何者かが、政吉の自由を奪って絞殺する。例えば前もって俗にいう痺れ薬の如きものを用いれば一人にても殺人は可能でございましょう。但し、その場合、加害者はかなり手馴れて居るか、或いは政吉が心を許すような者でないと厄介でしょう」

政吉は大柄で肥満している。

「女子供の手には負えないと存じます」

「女子供に男が手を貸すというのはどうだ」

「父上はお心当りがございますか」

通之進が苦笑した。

「あるわけがない。しかし、林田家は狸穴きっての大地主、先祖代々ひき継いだ資産は少くないと申すぞ。加えて、今のところ、理兵衛の血を引く者は殺害された政吉一人と聞いて居る。されば、財産の行方は如何となろうや。その辺を仙五郎にでも調べさせよ。なにしろ、場所が狸穴じゃ、どんな化け狸がとび出して来るかわからぬぞ」

年齢に似合わぬ若々しい声で笑われて、麻太郎は首をすくめた。

一夜を狸穴の両親の許で過して、翌日、麻太郎が築地のバーンズ診療所へ帰って来たのは正午に近かった。

おとせが改めて作った小豆餅の土産にバーンズ先生はともかくマギー夫人もたまき夫人も大喜びで、餅の搗き加減が上手だの、小豆の甘味がなんともいえず旨いなぞと口を極めて誉めちぎっている。

が、食欲のほうが一段落すると話は早速、林田家の殺人事件で最初は殺されたのが金持の一人息子だから、理兵衛には他にもかくし子がいて、それが下手人だろうとか、政吉が小作人や奉公人を邪険に扱っていたので報復されたのではないかなどといっていたのが、肝腎の政吉はどちらかといえば無気力でこれといって取り柄もないし、父親の顔色を窺いながらおずおずと生きているような男だと判って来たあげく、懐中に女の位牌を抱いて死んでいたと知ると、

「そりゃ失恋ですよ。そのお喜久さんって女《ひと》が歿って、後追い心中ってのに決っています」

マギー夫人の鶴の一声で決ってしまった。

けれども、その後、マギー夫人のいない所で、たまき夫人に、

「お位牌の裏には歿った方の年齢が書いてあるものですよ。享年何歳って。それ、おいくつでした」

と訊かれた。実をいうと麻太郎もその裏の部分を見てはいた。が、そこは何か刃物でけずり取った痕が残っているだけで、肝腎の文字はまるで読めなかった。

麻太郎からそれを聞いてたまき夫人は軽く眉をひそめ、

「なんだって、そんなことをしたんでしょうね」

と呟いたが、麻太郎にしても返事の仕様がなく、その件はそれきりに終ってしまった。

翌日、麻太郎は午前中を外来の患者の診療に当り、遅い午食をすませてから往診に出かけた。

一軒は居留地内のアメリカ人の家で、主人は貿易商でかなり裕福だが、夫人がとかく病気がちで何かというと召使がバーンズ診療所へやって来て往診の依頼をする。けれども、病気自体はたいしたものではなくて、バーンズ先生にいわせると、

「ランス夫人のは贅沢病だよ。一日中、部屋でぼんやり暮していて三度々々大飯を食っている。それで胃がもたれるの、食欲がないといわれても返事に窮するというものだ」

と片付けられてしまう種類ではあるのだが、先方は必ず麻太郎を指名して来るので止むなく出かけて行かざるを得ない。

今日も行ってみると、午食の後に大きなプディングを平らげたのが、どうも気分が悪いといい、麻太郎があらかじめマギー夫人から渡された消化剤を勧めて、

「今日は絶好の秋日和です。居留地の木々の梢も色づきはじめていますから、御気分がよくなられたら、少々、近所を散歩なぞなさってみるのもよかろうと思います。人間の体には適度な運動も必要ですから……」

といったとたん、

「それはいい気晴しになりますわね。神林先生が御一緒して下さるなら、是非、そのあたりを歩いてみたいと存じます」

いそいそとショールを取って玄関へ出る。止むなく、麻太郎は居留地内を一巡する破目になったが、何が半病人なものか、大声で談笑するわ、歌は歌い出すわで、イギリス留学中、「君の英語は生粋の英国人並みだ。外国人とは思えない」と大学の教官から誉められたほど英語を使いこなして来た麻太郎がアメリカ訛りのひどいランス夫人の相手にほとほと手古ずったあげく、漸く、御自宅へお送り申し上げて彼女から逃げ出した。

それから麻太郎が足を向けたのは居留地の雑居地域にある清国人街で、ここに住む仕立職の陳鳳というのが、或る事件をきっかけに麻太郎と昵懇になり、以来、陳鳳は麻太郎を神か仏かというように信奉している。

麻太郎のほうも、母国を離れ、第二の故郷と思っている日本に骨を埋める覚悟で働いている陳鳳の気持を知って自分で役に立つことがあれば遠慮なくいってくれと伝えてあるし、実際、雑居地域に住む人々には適当な医者もなく、病気になっても彼等が日頃、使っている漢方薬などに頼るしか方法がないのを知ってからは、医療費の心配をして手遅れにならぬようにバーンズ診療所へ自分を訪ねて来るようにいってあり、それはバーンズ先生の許可も頂いている。それでも、彼らは遠慮してバーンズ診療所へなかなかやって来ないのもわかっているので、この近くへ往診に来たついでには、陳鳳の所へ寄ってそれとなく困っている病人がいないか訊くことにしていた。

陳鳳は家に居た。

ちょうど一仕事終ったところだといい、近所に旨い広東料理を食べさせる店が出来たからと強引に麻太郎を誘った。

「話したいこと、あるよ。若先生に是非、聞いてもらいたい、思ってたところよ」

と腕をひっぱられて、麻太郎は苦笑しながらついて行った。実をいうと、麻太郎はこの頑固で生真面目な老人が嫌いではない。

赤い暖簾のような布の下っている店は小ぢんまりしたものだが、屋内は清潔で清国風の卓がいくつか配置され、腰掛が適宜に並んでいる。客は時分どきを過ぎているにもかかわらず、けっこう入っていたが、陳鳳を見ると主人らしいのが出て来て、すぐ奥へ案内した。

そこは一応、扉があって小部屋になっている。

「陳大人、ここでよろしいか」

案内したのがいい、陳鳳が合点してつけ加えた。

「仕事、すんだら来なさい。こちら、若先生よ」

主人が丁寧に頭を下げた。

「わたし達、神林先生の顔、よく知っている。みな、感謝している。ようこそ、ようこそお出で下さった。有難う。陳大人、有難う」

陳鳳がうなずき、主人が去ると、麻太郎にいった。

「今のはわしの同郷人で李忠といいます。わしより三年遅く日本へ来て、この店を開きました。おかげさまで、とても、繁昌しています」

若い女が茶を運んで来た。清国風の茶碗は小ぶりだが、その他にたっぷり茶の入っていそうな土瓶が卓上におかれて、それを取って女が茶碗に湯気の立つ茶を注いでから客の前へおく。もう一人、女が入って来た。こちらは大皿にさまざまの肴を盛り合せたもので、蒸し鶏の細く切ったものや、豚の焼き物の薄切り、水母《くらげ》、その他、野菜などで、これが日本でいえばば酒のつまみのような役割をする食材だとは、もう麻太郎も知っている。

陳鳳が麻太郎をうながして箸を取った。料理は適当に間をおいて次々と運ばれて来る。

「そんなには食べられませんよ」

麻太郎が制したが、

「みな、少々よ。大丈夫。神林先生、若い。わたし、大食漢……」

笑いながら、陳鳳は箸の手を休めない。

清国の酒も少々ながら飲まされて、酔いはしなかったが、麻太郎は満腹であった。

「如何でしたか。お口に合いましたか」

陳鳳にいわれて、麻太郎は礼をいった。

「久しぶりですよ。こんな御馳走は……」

「少し話してもよろしいか」

「勿論です」

「若先生は、給仕に来た娘をごらんになりましたか」

「ええ」

「どう、ごらんになりました」

「どうといって……清国の娘さんのように思いましたが……」

「そう、清国から来ました」

「姉妹ですか」

どことなく顔立ちが似ていたと麻太郎は思い出していた。

「双児です」

「成程……」

「驚きませんか」

「別に……そう多くはありませんが、世間にはままあることです」

そういえば英国留学時代に近くの公園でよく双児の赤ちゃんを乳母《おんば》さんらしい女性が散歩させているのに出会ったものだと麻太郎が思い出していると、陳鳳が声を低くしていった。

「わたしはずっとこの国に暮していて知らなかったのですが、李さんの話によると清国のずっと奥のほうにある所では双児を喜ばない人達があるそうですよ。特に男と女の双児、喜ばない。神林先生、どう思います」

「それは初耳ですが、偏見ですね。男女の双児が誕生するのは医学的にいって不思議ではありませんし、どこの国でもあることです。今も思い出していたのですが、英国にいた時分、男女の双児の赤ちゃんが乳母車、日本ではまだあまり見ませんが、大きな籠のようなものに車がついていて、それに赤ちゃんを乗せ、大人が押して散歩などに連れて行くのですが、そういうのにも双児の愛らしい赤ちゃんが乗っているのに出会ったことがありますね」

陳鳳が更に声をひそめた。

「親がそれを世間に恥じるというのは……」

「とんでもない。むしろ、誇らしげに見えましたよ。親としては二人一度に育てるのですから手もかかるでしょうし、なにかと大変かも知れませんが、なんといっても我が子は可愛いものですから一生懸命、養育します。年子《としご》の場合とさして違わないと話してくれたお母さんもありましたね」

緊張で固くなっていた陳鳳の表情がほどけた。

「神林先生に話してよかった。李君に教えてやりますよ。どんなに安心するか、喜ぶか」

陳鳳が奥へ行き、やがて二人の娘の肩を両手で抱くようにして李忠が出て来た。麻太郎の手を握りしめ、何度も低頭する。二人の娘は涙を浮べ、これも麻太郎に合掌した。

「困りますよ。わたしを今から仏さんにしないで下さい」

と笑った麻太郎であったが、陳鳳と別れてバーンズ診療所へ戻り、自分の部屋に落付いてから、考えたのは林田家の事情であった。

狸穴あたりでは名の知れた裕福な地主の悴が自殺か他殺かは明らかでないが、とにかく不審死をしたというのに、父親の理兵衛は沈黙を守り、奉公人はただ、かわいそうな、気の毒な、と嘆いていて、何故、死んだのかについては誰も何もいわない。死んだ政吉が懐に入れていた位牌がお喜久という女のものらしいというのも、あの折、政吉の死体にすがりついていた女の言葉によるのみであった。

つまり、考えられるのは林田家には厳重な箝口令が敷かれてでもいるようで、麻太郎の見る所、それを奉公人に命じたのは主人の理兵衛に違いない。

旧家というのは、それほど世間に対し体面を取り繕うものかというのが麻太郎の感想であったが、英国留学時代、むこうの由緒ある家柄の子孫が、身内に不祥事が起ってそれをかくそうとして大騒動になった例を思い出せば格別、不思議ではない。

麻太郎の気性としては、他家の事情を好奇心からあれこれと掘り出そうなぞとはもっての外で、林田家についてもこれ以上、かかわるまいと思っていた。

けれども、いみじくも神林通之進がいったように事件のほうから麻太郎へ向ってとび込んで来るのではどうしようもない。

果して翌日、診療が終り、今日は特に往診の予定もないのでマギー夫人と薬草のあれこれについて雑談をしていると、おそるおそるといった恰好で仙五郎が玄関を入って来た。独りではなく背後にぼつぼつ初老の年齢かと見える女性を伴っている。

マギー夫人が愛想よく、誰も居ない患者用の待合室へ二人を通し、

「麻太郎に用事があって見えたのでしょう。かまいませんよ。ちゃんと話を聞いておあげなさい。医は仁術とかいうのでしょう」

と麻太郎をうながす。苦笑して麻太郎は二人と向い合った。

「毎度、御厄介をおかけ申してあいすいません。こちらさんはお由紀さんといいまして、理兵衛旦那のお内儀さんでございます」

仙五郎が紹介し、お由紀はでっぷりした体をちぢめるようにして挨拶をした。

「お初にお目にかかります。このたびはいろいろとお世話さんでございました」

声も太く、底力がある。

一瞬、麻太郎は気を飲まれた。今まで麻太郎が考えていたお由紀という女の印象とはまるで正反対の相手であった。絶句している麻太郎に仙五郎がぼそぼそした調子で告げた。

「実は、その……理兵衛さんが卒中を起しまして、お医者の話では今のところ命に別状はないが、かなり長引く上に、寝たきりになるかも知れねえってんで……そうしましたらお内儀さんが帰って来なすったものですから……」

お由紀が仙五郎の言葉にかぶせた。

「奉公人が知らせて参りましたので、捨松と一緒に戻ることに致しました。そんなわけで、もう、皆さんに御迷惑をかけることはございません。仙五郎親分がこちらさんへ御挨拶に行けと申しますので、居留地ってのを見物かたがた出て参りました。まあ、そんなわけでございまして……」

仙五郎が中腰になり、両手をふり廻すような恰好でお由紀を外へ連れ出して行くのを、麻太郎もマギー夫人もあっけにとられて見送っていると、奥からバーンズ先生が出て来た。

「いや驚いたね。わしも今までいろいろな人間に出会ったが、ああいう風変りなのは初めて見たよ。世の中は広いね。いい勉強になった」

急に麻太郎が台所へ行き、出て来た時には塩壺を手にしている。

「麻太郎、何をするのです」

マギー夫人が叫び、麻太郎は白い歯をみせて笑った。

「玄関の外に少しばかり撒《ま》いて来ます。二度と来るなというおまじないです」

バーンズ先生が両手を打ち合せた。

「要するに節分の豆まきと同じだな。鬼は外、福は内……」

「麻太郎、家の中には撒かないで……花壇もいけませんよ。ほんの気持だけにしなさい」

わあわあとバーンズ診療所一家がさわいでいるのを通行人が何事かと足を止めて眺めている。

築地居留地は秋日和の中にあった。

その後、仙五郎が何度かやって来ての報告によると、林田理兵衛は言語は不自由だが、杖を突けば少々の歩行も出来る程度に回復したが老化は進む一方で、林田家の土地、田畑などの管理の一切はお由紀が采配をふり、使用人もそれで満足しているという。

「元はといえば、理兵衛の先妻が産んだのが双児の男の子でして、双児の場合、どっちを兄さんにするかてえのが、人によって違うんだそうです。先に産まれたのが兄さんだという産婆もいれば、後から出て来たのが兄さんだてえお医者もいる」

林田家では理兵衛が先に産まれた政吉を長男と決め、後妻のお由紀は後から産まれた捨松というのが後継ぎだと行者から聞いて来て夫婦の間で悶着が続いたそうだと仙五郎は律儀に狸穴界隈を廻って調べて来た。

林田家では今度の一件が表沙汰になるまで、家の中の事情についてはひたかくしにしていたそうで、仙五郎にしても何か厄介を抱えているらしいとまでは聞いていても、さわらぬ神にたたりなしですませてきたのが、今度はそうも行かなくなったらしい。

「ことが大きくなりましたのは近所の娘のお喜久っていう器量よしに政吉と捨松が同時に惚れちまいまして、すったもんだしている中《うち》に若い女のことで自分のせいで兄弟が憎み合い、騒動が絶えないのを苦にして広尾川に身投げをしちまいました。それが亦、兄弟喧嘩を増長させまして刃物を持ち出す。結局、お由紀さんが捨松を連れて大森のほうの知り合いに厄介になっていたんですが、この家が地方廻りの役者の溜り場になっていまして……」

政吉のほうはそれ以前から林田家の跡継ぎとして育っていたが、捨松はお由紀の許で育てられていたので、そうした役者連中と仲よくなり裏方を手伝ってみるやら、時には手が足りないと役者の真似事なぞもしていたという。

「まあ境遇が変ると顔形も少しずつ変ってくるんでしょうか。それでも兄弟でございますから或る年齢になると自分達で連絡を取り合って、金を融通し合ったり、岡場所へ遊びに行ったりで……」

二人が最も面白がったのは、岡場所の同じ妓の所へ二人が一人に化けて、それが相方の妓にわからないことだったらしい。

「つまり、政吉の妓の所へ捨松が少々、顔を化粧《つく》って政吉だといって遊びに行く。遊んじまった後で、俺は捨松だと正体をばらして面白がるなんてえ馬鹿々々しいことをやって喜んでいたってんですから、お話になりませんや」

仙五郎が顔をしかめ、麻太郎は苦笑した。

「性質《たち》が悪いな」

「あっしが欺されたのも、面目ねえですが、その手にひっかかったんで……」

ぼんのくぼに手をやって恐縮している仙五郎をみて、麻太郎も思い出していた。

そもそも、仙五郎と飯倉で出会った時、

「顔形も違う人間が、一人になっちまって人が殺された……」

という奇怪な言葉がきっかけで、今度の事件に首を突っ込む破目になった。

「あの二人、素顔はそれなりに似ているんだろうな」

麻太郎の呟きに、仙五郎が首をひねった。

「あっしも、そいつは見て居りませんので……」

仙五郎が帰って、午後のお茶を囲みながら、たまき夫人がいった。

「人間の顔って、生まれた時と成長した時と、どんどん変るものなんですかしら」

バーンズ先生が笑った。

「そりゃあ変るんだろうな。苦労すれば苦労が顔に出る。幸せそうにみえれば、幸せなんだろう」

「苦労をじっと我慢していても……」

「見る人が見れば、わかるんじゃないのかな」

そうした会話を耳にしながら、麻太郎は「かわせみ」へ心が飛んでいた。

麻太郎が「かわせみ」の暖簾をくぐる時、出迎えてくれる女主人の顔は常に穏やかで、明るく、温かった。あれは大きな人生の苦しみを乗り越え、乗り越えして来た人の顔なのだと思う。

次の日曜日には必ず、るい叔母様の顔を見に行こうと決めて、麻太郎は診療室へ歩いて行った。

とりかえばや診療所

一

江戸の頃から続いている大川端の旅宿「かわせみ」で、長年の習慣通り、出入りの植木屋が玄関前に門松を立てはじめたのを、世間話をしながら眺めていた大番頭の嘉助が、なんとも懐《なつか》しい声で名を呼ばれて顔を上げ、

「若先生……」

相好をくずして出迎えるのを、るいは帳場の脇から微笑ましくみていた。

いつの間にか、若先生が二代目になっていると思う。

それにしても、麻太郎の何と父親似であることか。

少し前までは、伯父であり養父でもある神林通之進似といわれ、るいもそう感じていた。

それが近頃は容姿もそっくりなら、動作まで父親に似て来た。

とりわけ、声は瓜二つで、先日も狸穴の方月館からやって来た麻生宗太郎が、

「驚きましたね。話し声だけ聞いていると、御一新前に時代が溯《さかのぼ》ったような錯覚を起しますよ」

るいに対して配慮のある言い方で感動していた。

そういえば、養母に当る神林通之進の妻の香苗は、麻太郎を、

「自分が産んだような」

気持になってしまうと、夫にも義弟に当る宗太郎にも話したというけれども、るいの麻太郎に対する感じ方はそれとも違って、強いて言うなら、若き日の神林東吾が時空を超えて、話したり、笑ったりしているようで、その意味では宗太郎の表現が近いのかも知れなかった。

るいの前に麻太郎が立った。

「お願いがあって来たのです。毎度のことで恐縮ですが、イギリス留学時代の友人がやって来まして、明日、旧主に当る前田家の祝い事に参会しなければならない。で、今夜と、出来れば明日と二泊、お宿を願えまいかというのですが……」

言葉なかばで、るいは優しくうなずいた。

「水臭いことをおっしゃらないで。かわせみが麻太郎さんの頼みをお断りしたことがありましたかしら」

若番頭の正吉が心得たように外へとび出して行き、麻太郎が暖簾口から顔を出して呼んだ。

「南条君、お待たせ……」

上りかまちまで下りて出迎えたるいが、少々、意表をつかれたのは、正吉に先導されて入って来たのが、うら若い女性であったからだが、続いて茶色のかなり大きな西洋鞄を下げた男がひどく嬉しそうな表情で麻太郎に礼をいった。

「神林さん、有難うございます。姉が何も教えてくれないので、わたしはてっきり、神林さんの居留地のお住いに厄介になるのかと心配しながら来たのです」

正吉が西洋鞄を受け取り、るいが麻太郎にいった。

「梅の間がよろしいかしら。この秋に模様替えをして畳も新しくなっていますから。ただ、花はまだ咲いていませんけれど……」

「けっこうですよ。どっちみち、花より団子の口《くち》だから……」

姉のほうが何かいいかけるのを制して紹介した。

「こちらは、南条孝子さんと弟の忠信《ただのぶ》君。わたしとはイギリス留学中に昵懇になりまして。旧幕時代は父上が加賀様のお抱えであったそうです。現在は金沢のほうで開業して居られる。とりあえず、まあ、そんな所でいいでしょう」

一気呵成にいって、さっさと梅の間へ続く廊下を行く。

正吉が荷物を持ってついて行き、るいは台所から出て来ていたお吉に後をまかせて居間へ戻った。

　麻太郎の好物と知って、折々、取り寄せておく岡本屋の花林糖を缶から出して菓子鉢に移していると、待つほどもなく麻太郎が入って来た。

「世の中、けっこう不景気風が吹きまくっているというのに、かわせみは繁昌していますね。全室満員だそうじゃないですか」

「年の暮は、御商売で東京までいらっしゃるお客様が昔から多いのですよ」

「掛取りですか」

「そんな大きな声を出さないで」

「そうか。掛取り旁々《かたがた》、東京見物か。道理で銀座の煉瓦街は人がぞろぞろ歩いていましたよ」

「銀座へいらっしゃったの」

「孝子さんの買物につき合わされたんです。ついでといってはなんですが、叔母上に。お気に入るかどうか」

　脇においた包みをそっと前に出す。

「これを、私に……」

「本当はクリスマスに何かと考えたんですが、何を贈ってよいか見当がつかなくて……」

　とにかく見て下さい、とうながされて、るいは紙包みを開いた。

紫と白のぼかし染めになっている帯締めと白縮緬に金箔が砂子ちらしになっている帯揚げが一揃いになっている。

「ま、きれい……」

感嘆が先に出て、るいは胸を熱くした。

「実は、暮にバーンズ診療所から給料の他に特別のお手当が出たのです。それで柄にもなく……」

ぼんのくぼに手をやって照れている麻太郎に、ちょうど宿帳を持って入って来た嘉助と別に用もないのについて来た恰好のお吉が、るいの披露した麻太郎の贈物に讃辞のありったけを述べてから、嘉助がおもむろに訊ねた。

「只今、お着きになった南条様でございますが御自宅は金沢とか承りましたが……」

麻太郎が快活に答えた。

「南条君の家は旧幕時代、前田家の御典医だったのだよ。で、今もあちらで開業している。父上は伯安どのといわれて、ぼつぼつ還暦だろう。母上も御健在と聞いている。子供は二人、姉さんがわたしと留学時代、ロンドンで知り合った。日本人の留学生はそれほど多くはなかったし、医学の道に進もうとしていたのは更に少なかったので自然に親しくなったんだ」

るいが軽く首をかしげた。

「お姉さまと知り合ったとおっしゃいましたでしょう。医学の勉強にいらしたのは、弟さんでは……」

「そうです。孝子さんは本来なら忠信君の付き添いで来られたんですが……その、ざっくばらんにいいますと、忠信君が外国に馴染めなくてホームシック、つまり、外国暮しをしている者が家や故国が恋しくなって一種の病的状態になる。飯が食えなくなったり、ふさぎ込んだりするのですが、そういう病気になって、勉強どころではなくなってしまったのです。それで孝子さんが替って、孝子さんも医者の勉強をしていたので、まあ、いろいろと伝手《つて》を頼んだり、むこうの先生方の御配慮もあったりして……」

お吉が素頓狂な声を上げた。

「あちらさんでは女でもお医者さまになれますので……」

「大学のすべてが開放されているとは限りませんが……」

「そういえば、日本から女性の留学生が外国へ行かれたという話を随分、以前にお客様からうかがったのを思い出しましたよ」

といったのは嘉助で、

「長生きはするものでございますね。お江戸の昔には思いもよらないことで……」

なににせよ、外国帰りのお客だから、食べ物のお好みなぞこの節、流行りの洋風の御注文があるかも知れないので板前と相談をしておきましょうと、いつものように年齢を感じさせない身軽さでお吉と一緒に各々の持場へ戻って行った。

で、麻太郎も安心してバーンズ診療所へ帰ったのであったが、年が明けてから一週間ほど過ぎた風の強い日に往診から帰って来ると待合室にしょんぼり座っているのが孝子であった。

麻太郎の姿を見ると喜びを全身にみなぎらせて、

「お忙しい所を、突然、お邪魔をして申しわけございません」

丁寧に腰をかがめる。

咄嗟に麻太郎は相手の訪ねて来た理由が思い浮ばなかった。てっきり、もう、金沢へ帰ったとばかり思っていたからで、

「どうしました。何かあったのですか」

と訊ねると、

「御迷惑でもございましょうが、弟のことで少々……」

とくちごもる。

ここでは話しにくい内容かと素早く思案して、麻太郎はマギー夫人に断りをいい、孝子を伴って采女《うねめ》橋通りの角にある精養軒ホテルのダイニング・ルームへ行った。

ここはバーンズ先生一家も贔屓にしている店で、麻太郎も始終、同行しているので、店の従業員も顔馴染で何かと具合がいい。

案内された奥の席に向い合って孝子の意向を訊いて、まずはコーヒーを二つ注文した。

「なんですか、ロンドンに居た時のよう……」

青菜に塩の体たらくだった孝子が突然、浮き浮きした調子になり、麻太郎は「女心と秋の空」という警句を思い出した。これだから女は厄介だと痛感している。

そういう点が、

「麻太郎は女性にもてるのに、恋人が出来ませんね」

とマギー夫人やたまき夫人にからかわれる所以であったが、当人は気づいていない。

「忠信君がどうかしましたか」

いきなり本題に入るのを、孝子は怨めしそうに眺めたが、気を取り直して、

「神林さんは居留地のカジノをご存知でしょう」

と訊いた。

「残念ながら、行ったことがありません」

「賭け事はおきらいですか」

「貧乏暇なしで、縁がないのです」

「忠信を金持の道楽息子と思っていらっしゃる……」

「とんでもない。考えてもいませんよ」

「あの子、カジノに入りびたりなんです」

「ルーレットですか。それとも……カード」

「知っていらっしゃるじゃありませんか、カジノへ行ったことがないなんておっしゃって

「……」

「築地居留地のカジノは、という質問だったでしょう」

「口のへらない方《かた》ね」

「へらず口《ぐち》を叩くほうです」

孝子が赤くなったのは、立腹したせいだなと麻太郎は推量した。女性を怒らせるとろくなことにならない。

「失礼。忠信君、カジノで大穴でも開けたんですか」

「あの子は臆病ですから大博打はやりません」

「けっこうですね」

「何がけっこうなものですか。あの子、女に惚れたんです」

「女……カジノで出会った女性ですか」

「客じゃありませんわ」

「従業員……」

「ルーレットのダイスを扱うディーラーです」

流石《さすが》に絶句した麻太郎を見て、孝子も自制心を取り戻したようであった。

「カジノでの評判だと、けっこう凄腕のようですわ。ディーラーとしても、殿方に対しても

……」

「美人なんでしょうね」

「弟はそう申します」

「孝子さんは気に入らない」

「ふさわしくないのです。両親は弟を、代々、大名家に仕えて来た医者の跡継ぎとして恥かしくないよう学問をさせ、留学もさせたのです。両親の気持を考えたら、女に狂っている場合ではありません。勉強をして臨床経験を積まなければ世の中の役に立ちません」

麻太郎が首をすくめた。

「どうも耳が痛いな」

「神林さんは東京大学の医学部から声がかかっているとの噂を聞きましたよ」

「冗談じゃない」

「それとも、もう一度、留学なさいますの。今度はアメリカでしょうか」

「よして下さい。わたしはそんな器《うつわ》ではありません。バーンズ先生の許で一つ一つ学んで行くのがせい一杯ですよ」

孝子の舌鋒をかわしながら運ばれて来る料理を平らげ、早々に勘定を払って、精養軒の入口に客待ちをしていた人力車へ孝子を乗せ走り去るのを見送って漸くバーンズ診療所へ帰った。

無論、孝子は別れぎわまで、居留地のカジノで働いている女のことをよく調べ、また、弟の忠信に会って、家族の期待を裏切らないよう勉強するよう忠告してくれるようにと、くどいほど念を押して行った。

そのせいか、いつもなら気持よく消化する料理が、なんとなくもたれ気味で、孝子とほぼ半分ずつ飲んだ一本のワインの酔いがどうも中途半端であった。やむなく二階へ上る前に水でも飲もうかと足を止めると、

「いい具合に帰って来ましたよ。リチャードがお待ちかね……」

いそいそとマギー夫人が奥の居間から出て来た。手に年代物らしいポートワインを持っている。

「リチャードが、どうしてもこれを開けたいといい出して、麻太郎が帰って来るまで待ちましょうと話していたところ……」

さあさあと栓抜きとワインの瓶を持たされて居間へ連れて行かれた。

テーブルの上にオードブルが並び、サンドウィッチの皿まで出ている。

「たまきさんが、麻太郎のために作ったのよ。もしかするとお腹をすかして帰って来るかもって……」

賑やかな声に囲まれて、麻太郎が手ぎわよく抜栓し、コルクの匂いを嗅ぐ。

「これは上等すぎますよ。わたしには勿体ない」

「何をいっているの、麻太郎に飲ませたくて地下から出して来たのに……」

「蔵の扉は、きちんと閉めて来ただろうな」

「リチャードじゃあるまいし、そんな手ぬかりは致しませんよ」

「そういえば、いつでしたっけ。リチャードが蔵の戸を閉め忘れて……」

「あれは夏でしたからね。幸い、麻太郎がすぐ気付いて、念のため見て来るって……」

「よかったですよね。それでなけりゃこのワインだってお陀仏だったかも……」

「君らは、どうも依怙贔屓が過ぎるぞ、なんだっていいことは麻太郎、悪いことはわしなんだから……」

「でも、事実ですものねえ」

豊潤なワインの味と香に包まれて、麻太郎は幸せを嚙みしめていた。

幼い日に生母は凶刃に倒れ、実父は行方不明にもかかわらず、自分には我が子以上に慈しみ育ててくれた狸穴の養父母があり、常に自分を見守っている「かわせみ」の母同様の人がいる。そしてバーンズ診療所の人々とは家族のような信頼で結ばれて来た。自分に出来る恩返しは、この幸せを全力を上げて守り抜くことではないかと思いながら、ふと一人の女の姿が浮んだ。

居留地のカジノで働いているディーラーの娘であった。

実をいうと、麻太郎はその娘を知っていた。昨年の秋のはじめに、雑居地域に厄介な風邪が流行し、陳鳳の頼みで診療に通い続けた時、患者の一人としてであった。

小柄で華奢な体つきの、寂しげな印象の娘だが、どことなく「かわせみ」のるいに似ていた。

とはいえ、別に親しく話をしたわけではなく、せいぜい、医者として患者に問診した程度のことである。娘の名がキムといい、父親はヴェトナム人、母親は雑居地域ではボスのような存在で居留地のカジノの陰《かげ》の貸元である清国人の阿三というのの妹、阿満だというのは、陳鳳が問わず語りに教えてくれたものであった。

そのキムが母親の縁で居留地のカジノで働いていてルーレット係だと聞いた憶えがある。

「頭はいいし、機転がきく。若くて愛敬があって器量よしと三拍子揃っているんですから人気が出ないわけがない。ただ、少々、体が弱くて無理をすると熱を出す。それで神林先生にきちんと診てもらったほうがいいと思いましてね」

と陳鳳がバーンズ診療所へ連れて来たのが最初で、バーンズ先生が診察し、

「風邪はたいしたことがないように思っても、こじらすと厄介だ。どちらかといえば虚弱で体力もないほうだから、日頃から体を鍛え、免疫力を養っておかないといけないね」

体調不良と思ったら、すぐ医者に診せるようにと忠告したのだが、雑居地域に住む清国人には、バーンズ診療所がけっこう敷居が高く感じられるようなので、麻太郎はついでがあると気軽に立ち寄って様子を診るようにしているが、それにも限度がある。

麻太郎にしても公私ともに多忙なので、キムがカジノで働いているからといってこちらか

ら出かけて行く気もなく、時間もなかったのだが、よりによって友人の弟が惚れて、せっせとカジノ通いをしている相手がキムというのは、つくづく世の中狭いものだという気がする。

で、数日後往診の帰りにカジノをのぞいてみると、ルーレット係を勤めているのは若い男で、見廻してもキムの姿はなかった。

その代り、麻太郎も顔だけは知っているカジノの接客係が、

「神林先生、どうも、えらいことになりまして……。先生はたしか南条様とお知り合いではございませんでしたか」

ひきつった表情で声をかけて来た。

「南条忠信君に何かあったのか」

と訊ねると、

「あったどころのさわぎではございませんよ。今しがた巡査の旦那を呼んだんですが、居留地は縄張り違いだってんで、帰っちまいまして……」

清国人の汪永立というカジノの常連と忠信がキムをめぐって喧嘩になり、

「汪さんは、うちの貸元と友達仲間ですから、すぐ若い連中がとんで来て、結局、ぼこぼこにされて放り出されちまったんです」

と顔をしかめた。

「忠信君はどこにいる」

「知りませんが、多分、そのあたりにひっくり返っているんじゃありませんかね」

といわれて麻太郎はカジノをとび出した。カジノのある建物は西洋風でけっこう大きいが、背後には林があり、それを抜けると防災用に造られた池に出る。

池の周囲には葦が植えられていて、この居留地の歴史を物語るように、かなり繁っていた。そこに人間が浮んでいる。

麻太郎の後からついて来たカジノの従業員が竿を取って来て器用に人間を岸辺にひき寄せた。

麻太郎が手を伸ばし、ずるずると引き上げたところに女の声が走り寄って来た。

「神林さん、それは……」

ひいっと絹を裂くような悲鳴を上げて引き上げられた男の体にしがみつく。

「忠信……、しっかりして……、忠信」

という孝子の悲痛な声を耳にしながら、麻太郎はこの不幸な友人の脈をあらため、心臓の鼓動を甦らせようと、ありったけの努力をしたが南条忠信は甦らなかった。

暫くの間、麻太郎は南条家の事件の後始末に忙殺された。

忠信の遺体には外傷は一つだけ、胸のあたりに固いものにぶつかったか、棒のようなもので突かれたかした痕があったが、死因は水死であった。

遺体は居留地から出され、姉の孝子の希望により、東京で荼毘《だび》に付された。

「野辺送りは両親が待って居りますので、金沢のほうで致しますが、なんとしても下手人をつきとめたいと存じますので、私は一日も早く戻って参ります。神林様、どうぞお力をお貸し下さい」

弟の遺骨を持って金沢へ発つ朝、孝子がバーンズ診療所まで来て挨拶をした。一人旅ではなく、旧幕時代、孝子達の父の門弟であった者が千住の宿で待っていて、金沢まで供をするのだという。

「では、せめて千住まで見送らせて下さい」

と麻太郎が申し出たが、

「それではかえって心苦しゅうございますので……」

丁重に断られた。

「なかなか、しっかりした娘さんだ。気の毒なことになってしまったが、あの娘さんなら親御さんの力にもなるだろう」

外まで出て見送っていたバーンズ先生が呟き、同じように麻太郎を囲んで玄関前の花壇のわきに立っていたたまき夫人が、

「でも、難かしいのじゃありませんかしら。下手人を突き止めるといっても、この節の邏卒《らそつ》の旦那には荷が重いでしょう」

低声でいって首をすくめた。

明治四年に政府が東京の市中取り締りのため旧藩士から邏卒三千人を募集したのを手始めに、明治七年には東京警視庁が創設され、邏卒は巡査と改称されるなどして東京の治安に力を尽しているものの万全というには程遠かった。

まして、居留地は治外法権である。

加えて、事件の場所はカジノ、下手人と思われるのは正業についていないやくざ仲間であった。

たまき夫人がいうように最初から巡査は腰が引けているし、素人の若者がそうしたいかがわしい場所に出入りするほうが悪いと片付けられかねない。

麻太郎は何もいわなかった。

今更、誰が悪い、彼が悪いといっても過ぎたことは取り返しがつかない。

ただ、麻太郎の心にあるのは人間の命の重さであった。

忠信に軽率な点があったにしても、だから殺されても仕方がないと片付けてしまうわけには行かない。

診療室へ戻ってカルテの整理をし、外来の患者の診察をしている麻太郎は自分の心の内にあるものを決して外には出さなかった。

畝源太郎が重そうな風呂敷包を抱えたまま、バーンズ診療所へやって来たのは夕方であった。

診療時間が終った後の診療所はひっそりとしていた。薬剤室の受付口にはカーテンが下りているし、バーンズ先生夫妻は二階の奥の住居へ帰っていた。

玄関の扉には鍵がかかっている。

そういう時刻に訪ねて来るのがもっぱらの源太郎としては、馴れていた。

建物に沿って内庭のほうへ歩いて行く。

敷地は居留地の中の住宅としては広いほうであった。

二階は東側がバーンズ先生夫妻とマギー夫人の私室で、西側に緊急用の病室と麻太郎の居室がある。独り者の男の部屋としてはゆったりしていて狭いがベランダもついていた。ベランダから庭へ下りる階段は麻太郎がここへ来てから、バーンズ先生がいい出してつけたものであった。

「まるで、麻太郎に夜遊びを勧めているようじゃありませんか」

とマギー夫人が笑ったが、診療時間に訪ねて来るのを遠慮している麻太郎の友人達、とりわけ畝源太郎や深川の長助、飯倉の仙五郎達にバーンズ先生が配慮してくれたのだと麻太郎にはわかっていた。

実際、彼らは止むを得ず夜更けに麻太郎を訪ねて来る場合足音を忍ばせてこの階段を上って来、用事がすむとまた、おっかなびっくりといった恰好で西洋風の螺旋《らせん》状のそれを手すりにつかまって下りて行く。

この階段をもっとも多く利用しているのは目下の所、源太郎であった。

なにしろ、弁護士の資格を取る勉強をしながら私立探偵の内職も続けている。加えて、女房の花世は間もなく出産という大きなお腹を抱えているので、掃除、洗濯は勿論、炊事の手伝い、食材の買い出しまでひき受けているから、自分の自由になるのはどうしても夜更けの時間となってしまう。

具合のよいことに、麻太郎は午前一時、二時まで机に向っているのが普通なので遅くに訪ねるのは一向にかまわないといってくれているものの、自分が訪ねればその分、麻太郎の勉強時間を侵蝕することになるとわかっている。とはいえ、麻太郎の外に心を打ち割って話せる友人を持たない源太郎としては、すまないと思いながらも、つい、足も心もそっちへ向ってしまうのであった。

今夜も花世が眠ってしまってから米をとぎ、明日の朝のための味噌汁の下ごしらえをして、音を立てないように苦労して我が家を脱け出して来た。

庭から見上げると、まっ暗な中に麻太郎の部屋だけは灯がついている。やれやれと足音を忍ばせて上って行ったのは、もう寝ているバーンズ先生達へ配慮したからだが、ひょいと顔を上げると、ベランダに麻太郎が立っている。自分が上って行くのに気づいて、ランプの灯をさし出してくれているのだとわかって源太郎は嬉しくなった。

「ごめん。また、おさわがせ男がやって来たんだ」

屋内に入ってから小声で告げた。

「大丈夫だよ、煉瓦の建物は木造より音が通らない」

手早く扉を閉めて笑った。

「花世さん、どうだ」

「産婆さんが、だいぶ下って来ているから間もなくだといったよ」

「相変らず、ついて行くのか」

「花世さんが一人じゃ心細いっていうからね」

「子供が産まれたら、花世さんと呼ぶのはまずいだろう」

「なんといえばいい」

「普通は、お母さんとか……」

「花世さんはわたしの母親じゃないだろう」

「そうだね」

「神林家では何といっている」

「狸穴の方月館の両親は……義父上《ちちうえ》は名前を呼び捨てにしていたね」

「呼び捨てにすると機嫌が悪いんだ。わたしのほうも落付かない。イギリスではどうなんだ」

麻太郎が笑った。

「残念ながら、わたしには呼ぶ相手がいなかった」

外で人の叫ぶ声が上った。

続いて、耳馴れない音が一発、二発。

「流石、居留地だね。季節はずれの花火を上げる奴がいる」

窓に近づこうとする源太郎の肩を麻太郎がぐいと摑んだ。

「花火じゃない。ピストルの音だ」

「なんだって……」

「動くな」

麻太郎が素早くランプの灯を消した。体を低くしてベランダへ出る扉に近づくと用心深く僅かばかりを開ける。

外は星あかりであった。

源太郎が四つん這いで麻太郎に並んだ。

「いったい、なんなんだ」

続けていいかけた言葉を飲み込んだのは夜風が明らかに血の匂いを運んで来たからである。

どこかで女の悲鳴が上り、人の走り廻る気配が伝わって来た。

二

バーンズ診療所の表のドアが激しく叩かれる音で、麻太郎と源太郎が二階から駈け下りて行ったのと、パジャマの上にガウンを羽織ったバーンズ先生が奥から出て来るのが殆んど同時であった。

「急患かね」

「わたしが訊いてみます」

麻太郎が玄関へ下りて行き、源太郎はまずバーンズ先生に頭を下げた。

「毎度、お邪魔をしています」

「君、奥さんが産気づいたのかね」

源太郎が少し笑った。

「それなら、産婆さんを呼びに行ってます」

マギー夫人がフランネルのガウンの紐を結びながら下りて来た。

「お産が始まったんですか」

源太郎がぼんのくぼに手をやった。

「違います。わたしは仕事のことで麻太郎君のところに……」

その時、ドア越しに相手を確認していた麻太郎が、

「陳大人です。怪我人を運んで来たようなので……」

「そりゃ大変だ。早く、開けてやり給え」

陳鳳を先頭に戸板に乗せた若い女を二人の清国人の若者が運び込み、バーンズ先生と麻太郎は、うなずき合うようにしてバーンズ先生が治療室の扉を開け、麻太郎は怪我人を抱いてその後に続いた。

マギー夫人が次々とランプの灯を点して必要と思われる場所に置いて行く。

手術着に着替えたバーンズ先生が、ベッドの上の患者の着衣を広げ出したマギー夫人の手許をちょっとのぞくようにして、麻太郎と手術の準備にかかった。

源太郎は手術室の外からガラス窓越しに二人の医師の敏速にして適確な動きをみつめていた。肩を叩かれてふりむくとたまき夫人であった。こちらはざっと着替えて半幅帯を結んでいる。

「花世さんではなかったようね。どちらの方ですの」

待合室から陳鳳が出て来た。

「遅くに、申しわけねえことです。知り合いの娘が怪我をしまして、わたしらはこちらの先生しか頼りに出来ねえもので……」

源太郎が訊ねた。

「怪我人は陳さんの知り合いか」

「キムの母親はわしと同じ広州の生まれでございます。父親は越南の人と聞いとりますが、キムが生まれて間もなく故郷へ帰って戻って来なかったそうで、母親の阿満は兄の阿三という奴が、この居留地のカジノの貸元をしているとか、まあ、わたしらとはあまり交際《つきあい》のない連中で……」

僅かばかり眉をしかめた。

陳鳳の口ぶりで、源太郎は合点した。

築地居留地には、通常、雑居地域と呼ばれる一画がある。居住者の大方は清国人だが、その他、東南アジアの国々から清国を経て日本へやって来た者も含まれていた。

それらの中に越南と呼ばれる地方の出身者がいるのは麻太郎から聞いていた。

どうやら、バーンズ診療所の前で撃たれたのはその国の出身者らしい。

手術室から最初に出て来たのはマギー夫人であった。白い手術着で髪には白い帽子を着けている。マスクをはずしながら、そこにいる一同に、

「心配は要りません。弾は肩をかすめただけで大きな損傷はないそうです。ただ、衝撃《ショック》が大きいので今夜はこちらでおあずかりしたほうがよいと医者《ドクター》は申していますが……」

陳鳳と一緒に来た清国人の女が両手を握りしめるようにしてマギー夫人に問うた。

「キムは助かりますね。助けて下さい。お願いです」

傍から陳鳳が女をなだめながら、マギー夫人に頭を下げた。

「この人、キムの母親です。阿満といいます」

マギー夫人がうなずいて優しくいった。

「大丈夫と麻太郎もリチャードもいっているのです。二人を信用なさい」

手術室のドアが開いて麻太郎が顔を出し、陳鳳が躍り上った。

「若先生……」

「傷は浅かったよ。銃弾は肩の上をかすめた程度だ。不幸中の幸いだった。しかし、キムさんはさぞ怖かったろう。大の男でもピストルを向けられただけで気絶した例があるんだ」

阿満がすがるような声でいった。

「若先生、キムに会わせてもらえるかね」

「いいですよ。こちらへどうぞ」

麻太郎が案内したのは手術室の隣のドアの前であった。

「この部屋は手術室から内部が扉でつながっているのですよ。手術後の患者のためのとりあえずの病室のようなものといったらよいのですかね」

静かに麻太郎がドアを開き、阿満と陳大人を室内に入れた。

部屋は洋室でベッドが三つ並んでいる。二つは白いベッドカバーがかけてあり、無人であった。一番奥の一つにキムが寝かされている。

眼を閉じていて、人が入って来てもそちらへ顔を向けることはなかった。

阿満が何か問いたげに麻太郎を見、麻太郎はすぐに教えた。

「眠っているのですよ。手術は軽いものでしたが、それでも患者が苦痛を感じないように麻酔というのをほどこします。まあ、眠り薬というか、外国では早くから使用していますが、特に患者の害になるものではありません。キムさんの場合はごく少量ですみましたし……今夜はマギー夫人がつき添っていますので……」

阿満が不安そうにいった。

「先生はついていて下さらんのですか」

「わたしは隣室にいます。今夜はわたしが宿直の当番ですから……」

陳大人が阿満を病室から外へ連れ出し、そこで何度も頭を下げた。

「大先生、若先生、有難うございました。阿満よ、もう心配はいらないよ。こちら様は天下の名医様なんだ。キムは幸せだった。安心しておあずけして行こう。帰って仏様に御礼をいわなければ、いや、あんたの所は大歓喜天様とかいうのじゃったな。とにかく、お礼を申し上げて帰ろう」

どこかまだ心残りのような阿満をひっぱって陳大人が帰り、麻太郎がマギー夫人と手術室の後片付をすませて部屋へ戻ると源太郎が器用な手付で紅茶をいれている。麻太郎は戸棚の下からワインの瓶を出した。

「今から茶なんぞ飲むと眠れなくなるぞ。こいつを一杯ひっかけて帰るといい」

気がついて訊ねた。

「ところで、巡査でも来たか」

ピストルの発射された音は決して小さなものではない。

「誰も来なかったよ。わたしはずっと外へ出ていたが、多分、花火の音とでも思ったのかな」

この居留地の入口には巡査が駐在する小さな番所があって夜勤の者が詰めている筈であった。

「大方、白河夜舟だよ。まあ今夜の場合は助かったというべきかな」

窓の外を眺めて源太郎が慌てた。

「おい。もう真夜中すぎだ」

「それどころか、まごまごしていると夜が明けるぞ」

なんなら泊って行くかといった麻太郎に源太郎は手を振って玄関へ出て行く。

「朝帰りだと花世さんにぶっとばされるのか」

送りながら麻太郎が笑うと、

「そうじゃないよ。どんなに心配しているかと思うと可哀想でね」

軽く手を上げて走り去った。

三

キムの怪我は麻太郎のいった通り軽傷で済んだ。

退院後、数日経って改めて陳大人に伴われて礼に来た時、麻太郎はちょうど来ていた源太郎と共に撃たれた当夜の事情をキムに訊いた。それによると、キムはあの夜、陳鳳の家を訪ねたという。

「わたし、気がついたですよ。夜、外へ出ると誰か知らないが、わたしの後について来るのですよ。ふりむいても誰もいない。わたし、怖くなって、お母さんにいった。お母さん一緒だと、なにもない。でも、一人だと何か変な気がする」

キムは居留地のカジノで働いているので、自宅からカジノへ出かけて行くのは午後で、帰りは深夜になる。そのあたりは旧幕時代からの常夜灯がところどころにあるくらいで、小さな長屋が建て込んでいるから日中でも薄暗い。冬の季節はとりわけ夜ともなると提灯なしでは余程、馴れていないと足許がおぼつかなくなる。

雑居地域に住む人の中には蠟燭代を惜しんだり、或いは提灯を持っていない者もあって、それでもなんとか暮していると陳大人は言葉を添えた。

「キムはカジノへ行く時は必ず提灯を持って行ったそうで、そりゃあ若い女のことでそのほうが何かと安心でございます。ですが、キムの後を尾けて来る者は無灯のようでして、ふり返って見ても、キムには相手がどんな男か見えなかったと申します。

大方、カジノで働くキムを口説いて相手にされねえのを怨んだ奴が、案外、キムの母親の兄、つまり伯父に当るのはカジノの陰の貸元でやくざな手下を何人も飼っているので、無鉄砲な奴が酒の勢いでというのも全くないとは申せません」

貸元といっても、阿三という男は力自慢の乱暴者で、彼に心服して子分になっているようなのは一人もなく、

「ひっついていれば、飯も食える、素人衆を脅かして小銭をせびり、肩を突っ張らかしていられるのをよしとする連中ばかりでございます。旧幕時代のしっかりした親分衆なら、ちょいと十手でひっぱたいてべらべら白状させりゃ、すぐ下手人が知れますのに、この節の巡査は居留地は縄張り外だとそっぽを向いて居なさいますので……」

最後は愚痴まじりになった陳大人の話にうなずいて、麻太郎はキムに訊いた。

「君は自分の後を尾けて来たのが男だというのは分ったのだね」

顔を上げて、キムは自分を見ている麻太郎の視線にぶつかると顔を赤らめ、真剣な表情で合点した。

「黒っぽい着物に……袴をはいていましたから……」

「袴か……足許は下駄か」

「いえ、足音がしなかったから、多分、草履だと……」

「声は聞いていないのだな」

「はい……」

「背丈は」

キムが考えるようにした。

「大きかったけれど……若先生よりは低いと思う」

源太郎が立った。

「わたしくらいか」

「もう少し、低いかも、でも、わたしよりは大きい」

キムは小柄であった。せいぜい麻太郎の肩ぐらいである。

「その他に何か気のついたことはないかな。なんでもいい。何かあったら話してもらいたいが……」

キムがいうことを帳面に書き取っていた源太郎がうながしたが、返事はなく、やがてキムが首を振った。

「なんにもありません。申しわけありませんけれど……」

陳大人がそっと麻太郎にいった。

「人間、頭に血が上っている時にはなかなか思い出せないものですよ。今日はこのくらいにして、わしが飯でも食わせながら、ぼつぼつ話をしてみます。その中、何か、ひょっとしたことでも思い出せたら、早速、若先生の所へお知らせに来ましょう」

それがいいと麻太郎も判断した。で、たまたま患者の女性から、

「手作りですけれど、召し上って頂ければ幸せでございます」

と手渡されたビスケットの箱を一応、マギー夫人に断ってからキムに持たせた。

思いがけない贈物であったらしくキムはおろおろし、代りに陳大人が礼をいってキムを伴って帰った。

それに続いて源太郎がバーンズ診療所を辞去したのは急患の使《つかい》が来たからで、患者は居留地に在住するイギリス人夫妻の子供であった。バーンズ先生が、

「わしが行こうか」

と申し出たのは、午前中に二件も往診があり、どちらも麻太郎が出かけて行ったからであったが、あいにく急患の知らせの来た家は小児喘息の持病を持つ子供を抱えていて、昨年の暮から麻太郎が治療に当り、それが効を奏して両親がすっかり麻太郎ファンになっている。で、てっきり喘息がぶり返したのかと思って麻太郎が訊くと父親の胃痛だという。

「それなら、リチャードが行ったら……」

とマギー夫人がいい出したが、麻太郎はもう黒鞄に必要と思われる薬を入れて、すみやかにとび出して行った。

で、源太郎もバーンズ先生とマギー夫人に挨拶をして診療所を出たが何となく落付かない。

実をいうと源太郎にとって、今日は久しぶりの休日であった。

働いている大内事務所で源太郎と共に仕事をしている笠原長行という法学生が父親の急死で七日ばかり休みを取ったので日曜返上で働いた。その間に大内博士からけっこう厄介な案件の下調べを命ぜられたり、書類を作成したりと、源太郎にとってはかなり重い大仕事をやりこなした。で、大内博士から、

「御苦労だったね。笠原君も帰って来たから、少し、休みを取りなさい」

とねぎらわれたものであった。

この所、降ったり止んだりの空模様が続いていたのに、今日はすっきりと晴れて明るい陽ざしが路傍を照らしている。

歩き出してから思いついたのは、花世に「松村屋」の餅菓子を土産に買って行こうということで、足を大川沿いの道へ向けた。

心がはずんでいるのは、久しぶりに麻太郎に会えたのと、昨日、大内先生から近く催される司法省の検定試験を受けてはどうかと勧められたからで、その結果次第では検事への道へ進むか、弁護士になるか、とにかく一人立ちが出来る。

花世が間もなく出産するのであってみれば、源太郎も家長としての責任に応えねばならない。

体の奥にぞくぞくするものを抱えて、源太郎は稲荷社の脇の小橋を渡った。そのまま、ま

っすぐ川沿いに行けば八丁堀だが、旧幕時代、そこに軒を並べていた奉行所勤めの者達の組屋敷はもうない。

源太郎はもう一つ、高橋と呼ばれているのを渡った。そこは東湊町と呼ばれていた町屋であって、まっすぐに突切ると松平越前守の中屋敷であったが、今は建物が取りこわされて更地になっていた。それでも、敷地を取り巻く水路があるので、源太郎は迂回して銀《しろがね》町へ抜けようとして足が止ったのは、明らかに女の叫び声が聞えたからである。

その方角には古材や壁の残骸が片付けられないままに積み重ねられ、けっこう大きな山になっていた。

女が走っているのを源太郎は見た。

最初は乱暴者にでも襲われて逃げ廻っているのかと思ったのだが、逃げているのはキムであった。

源太郎が目を疑ったのは、追っている女が、抜き身の脇差を手にしていたことだ。

わけがわからないまま、源太郎はキムをかばい、追って来た女の前に立ちふさがった。

「そこをどきなさい」

と叫んだ女の顔はさながら鬼女であった。

久しぶりに源太郎は体中の血が立ち上るのを覚えた。

「どけ。どかぬと斬る……」

鬼女が突き出した脇差を源太郎は苦もなく躱《かわ》して相手の右腕を摑んだ。同時にもう一方の手で相手の手首を打ち、脇差を叩き落す。

それでも武者ぶりついて来る女の横面を思いきり張りとばした。よろけて地に腰をつき、流石にもう立ち上る気力はない。

「いったい、何事です」

落ちている脇差を拾い、源太郎は油断なく女に注目しながら問うた。

「女だてらにこんなものをふり廻して人を傷けようというのは尋常ではない。理由《わけ》をいいなさい。それとも、むこうの番所へ行きますか」

「無礼者」

「無礼は、そちらでしょう。白昼、刀を抜いて人を斬ろうとする。まさか、辻斬りというわけでもなかろうが……」

源太郎にとって鬼に金棒といった声が近づいて来た。

「畝の若旦那……源太郎坊っちゃん」

女が立ち上り、源太郎に一顧だにせず悠々と去った。

それを見送るようにして「かわせみ」の嘉助とお吉が寄って来た。

「いったい、どうなさいました……」

と訊いたのは嘉助で、素早く源太郎の全身へ目をくばったのは、怪我でもしていないかと心配してのことである。

「どうしたも、こうしたも、麻太郎君の所へ行った帰りにここまで来たらこの人が今の女に襲われていて……」

改めて女の去ったほうを眺めたが、すでに姿は見えない。急にお吉が叫び出した。

「今の人……どうも、どこかで見たような気がしたんですけど……。うちへお泊りなすった人ですよ」

「やっぱり、そうかね。俺も見憶えがあるような気がしたが、まさかと思って……」

キムの傍に寄って話をしていた源太郎が、二人へいった。

「あの女がかわせみへ泊ったって……」

嘉助がしっかりした口調で答えた。

「様子が変って居りましたので危く見違える所でございましたが、暮に手前共へ弟さんとお泊りになった……お名前は南条孝子様ではなかったかと……。ですが、弟さんの、忠信様とおっしゃる方が居留地のカジノで……」

それで源太郎も思い出した。

「それなら、麻太郎君から聞いたよ。カジノの裏の林の、防火用の池で死んでいたんだろう」

「左様でございます。何しろ、場所が場所だけに巡査も、酔って池へ落ちて死んだのか、誰かに突き落されたのか、自殺か他殺かも判らないままで、結局、うやむやになったと聞いて居ります」

「孝子さんは、ずっと、かわせみに泊っていたのか」

「いいえ、弟さんのお骨を持って御両親の居られる金沢へお帰りになりました」

老いても嘉助の記憶の確かなのは、源太郎にしても存分に知らされている。

「すると、あの孝子さんという人は、また東京へ出て来たんだな」

「それに違いはありますまいが、手前共にはお泊りになっていらっしゃいません」

「東京に知り合いでもあるのかな」

黙って聞いていたキムが口を開いた。

「あの人、神林先生の知り合いだよ。わたしが神林先生にいろいろ面倒をみてもらっているのに焼餅をやいて、こんなひどいことをしたんだ。あたし、神林先生、大好きだよ。陳さんだって……あそこに住む清国人のみんなが神林先生のこと、神さま、仏さまと思っている。あの人はそれが口惜しいんだよ」

源太郎が慌ててキムを制した。

「君のいうことはわかった。とにかくバーンズ診療所へ行こう」

「若先生なら、手前共にいらっしゃいます」

嬉しそうに嘉助が告げた。お吉が嘉助の横から顔を突き出した。

「往診の帰りにお寄りになったんですよ。今日は朝から忙しくて、西洋のお茶を一杯召し上ったきりだとか。お吉、なんでもいいから食わしてくれ。腹が減って目が廻りそうだなんて、まあ、お小さい時と同じように……ですから、わたくしは嬉しくって嬉しくって……」

結局、そこに居た全員がぞろぞろと大川端の「かわせみ」へ移動した。

「かわせみ」では華板が次から次へと自分で運んで来る料理を、麻太郎が気持のよいほどの食欲で平らげ、その麻太郎の湯呑にるいが絶えず茶を替えながら目を細くしていた。

そこへ若女中頭のお晴が、

「源太郎坊っちゃんが、若い娘さんを連れていらっしゃいました。若先生に御用がおありだとかで……」

麻太郎が何をいう暇もなく、るいが応じた。

「よろしかったら、皆さん、こちらへ……」

麻太郎が居間の外まで一行を出迎え、源太郎を先頭にキムに付き添ってお吉が入って来た。キムがいきなり麻太郎にすがりつき、声を上げて泣き出した。麻太郎がびっくりしたようにるいを見て、るいは苦笑しながらキムに寄り添うようにして客布団にすわらせた。で、麻太郎はと見ると、こちらはいつもと同じようにるいと長火鉢をはさんだ向い側へ行って、すでにるいが出しておいた自分の座布団に当然という顔でくつろいでいる。

陳大人と源太郎がキムの左右に座を占めて、るいが麻太郎を見上げた。

「まさか、ここをお白洲にするつもりではないでしょうね」

「取調べの場という意味ではお白洲ではありません。ただ、今回の事件を公平な目で見てくれる人が必要になりましたので、とりあえず叔母様を御奉行に見立てて各々の思う所を聞いて頂きたいと思ったのです」

「私に御奉行様はつとまりません」

「浄玻璃《じょうはり》の鏡になって下さい。叔母様の前で話せば、嘘と真《まこと》は自然に分れます」

なにかいいかけるるいを麻太郎が目で制し、仕方なくるいは唇を閉じた。

「まず、わたしの友人である南条孝子、忠信姉弟のことから申します。御存知のように、わたしはイギリス留学中に南条姉弟と知り合いました。その二人が旧幕時代の主君に当る前田家の祝い事に参会するために金沢から東京へ出て来まして、私は二人の宿をこちらへお頼みしました。前田家の祝い事がすみ、てっきり、わたしは二人が金沢へ帰ったと思っていたところ、正月七日になって孝子さんがバーンズ診療所へ訪ねて来ました。

これは、後から知ったのですが、孝子さんと忠信君は暮の二十八日に金沢へ帰ると称してかわせみを発ち、そのまま馬喰町の宿へ移ってずっと滞在していました。理由は忠信君が居留地のカジノに熱中して所持金を使い果し帰るに帰られなくなった故だと孝子さんがわたしを訪ねて来て打ちあけました」

実はその折、孝子は麻太郎に金を借用に来たのであって、麻太郎は快く孝子が必要とする金額を渡したのだが、その件はあえて口に出さなかった。

「次にわたしが見たのは、忠信君がカジノの近くの池に死体となって浮んでいた時で、これは忠信君がカジノで働いているキムさんを廻《めぐ》って汪永立という清国人と争いになり、どうやら、カジノの貸元の飼っているやくざな連中に殺《や》られたようだという話でしたが、証拠はなにもなく、汪永立は清国へ帰ってしまったので、日本の官憲は手をつかねるばかり、結局、うやむやに終りました。ここで考えねばならないのは、孝子さんの気持です。孝子さんは子供の頃から男まさりの気性者としてお父上の御自慢の娘であったと、わたしは忠信君から聞いています。そして忠信君は自分自身のことを、病弱で気が弱い。お父上が女のくさったような奴とお叱りになったというのを本当のことだから仕方がない。南条家は女と男が入れかわったほうがいいなどと笑い話のように話していました。実際、子供の頃、同じ藩中の侍からとりかえばや姉弟《きょうだい》と呼ばれたこともあるそうです。その上でいわれました。持って生まれた性格は自分としてはどうしようもない、出来るのは自分が絶えず努力して自分に不足しているものを充填し、心を鍛えて行くことだ。わたしは感動しました。自分も忠信君に学ばねばならないと思いました。しかし、孝子さんには男は女よりも強く、たくましくなければならない。文武両道に秀れてこそ男子の本懐といった信念をお持ちでした。それはそうでしょう。加賀の前田家は武門の名家です。先祖代々、そこに奉公して来た。医師であっても武士に変りはないわけですから……」

ふっと吐息を洩らした麻太郎に、るいがいった。

「武士道には敵討というのが認められていますね。例えば、親が理不尽に討たれた場合、子が敵を討つのが正義ですけれど、お上がそれ以前に無法な殺人者を処罰して下されば、敵討の必要はなくなります。人は誰しも自分の手を血で染めることは喜びますまい。止むに止まれぬ時。でも、その結果はどうなのでしょう。親が、子が、妻が、それこそ血の涙を流して悲しむのでしょうね」

源太郎が胸を張った。

「そういうことにならないために法があるのですよ。法の番人は如何なる時でも正邪を見極め、決して無実の罪人を作らぬようにつとめなければならないのです」

キムが突然、泣き出した。

「わたしのせいですよ。わたしのせいで、忠信さん死んだ。わたし、敵討されます。忠信さんの姉さん、わたしを殺そうとした。敵討ですね」

麻太郎がキムの肩へ手をかけた。

「君は敵ではないよ。忠信君が君を好きになったのは、可哀そうだが忠信君の一人合点だ。君が忠信君を欺したのでもないし、裏切ったのでもない。人が人を好きになっても相手もその人を好きにならなければ恋が結ばれることはない。片想いは泣き泣きでも諦めるしかないんだ。それが恋の御定法、つまり法律だろう」

麻太郎が友人を眺め、源太郎が相好を崩した。

「幸い、わたしは相惚れだったからね」

座が少しばかり白けて、陳大人が座布団からすべり下りて頭を下げた。

「いろいろと御迷惑をかけましたが、キムは近く横浜から船に乗ります」

上海を経由して故郷へ帰るといった。

「ちょうどいい具合に、キムと同国人で帰国する者が居りまして、それなら道中も心配がありませんから……」

キムが麻太郎をみつめた。

「お世話かけました。わたし、この国、好きです。どこへ行ってもこの国の思い出、忘れない。忘れないよ」

麻太郎が微笑した。るいが知っている麻太郎の父にそっくりな、人の心を優しく包み込むような微笑であった。

「君の故郷も良い国なんだろうな。春が来れば花が咲く……」

「花は咲くよ。でも、この国よりも暑い。わたしは三つの時に清国へ連れて行かれて、八つの時に日本へ来たからね。なんにも憶えていない。みな、親から聞いたことばかりだよ」

「いい国だと思うよ。君が帰って行くのだから、きっといい国だ」

「有難う。若先生、いい人だね。忘れないよ。ずっと、ずっと……」

陳鳳に手を引かれて「かわせみ」を出て行くキムに、るいを先頭に嘉助もお吉も、そして麻太郎と源太郎も、見えなくなるまで手を振った。

やがて、源太郎も帰り、麻太郎だけがるいの居間の縁側へ出て空を眺めた。

麻太郎がいつも思うことだが、この庭は大川に面しているせいか、空が広く見渡せる。

とりわけこの季節は星が美しかった。

ぐるりと見廻すようにしていた麻太郎が、るいを呼んだ。

「北斗七星が見えますよ」

縁に出て来たるいに、もう一度いった。

「あの七つ星、柄杓《ひしやく》の形をしているのは天の川から水を汲むのに使うからですってね」

優しくうなずいて、るいも七つ星を仰いだ。

かつて、幼い麻太郎に七つ星の由来を教えた人が誰であったかをるいは知っていた。

その人は幼かった麻太郎を肩に乗せて天上を指し、熱心に七つ星のありかを教えていた。

そして今、その人に教えられた七つ星を、麻太郎がるいに指さしている。

その方角を仰ぎながら、るいはなんということなしに南条孝子という女性について考えていた。

名家に生まれ、美しく聡明でもあった。

イギリスに留学した弟につき添って行き、医学の勉強までして帰国したと聞いていた。

もし、何事もなければ、弟を助けて金沢の実家で医者として働き、充実した生涯を送ったかも知れない人が、弟の敵討を志し、屈折した道へ突き進んだ。その人が今、どこでどうしているか知る由もないが果して心安らぐ日が来るものか。

軽く首を振り、るいはいつもの表情に戻って麻太郎と同じく、天上の七つ星を眺めた。

海からの風が薄雲を払い、星はいよいよ輝きを増している。

殿様は色好み

一

大川の水面《みなも》に映る陽ざしが一日ごとに明るさを増しているような午下りに、るいが庭伝いに蔵へ向ったのは、ぼつぼつ雛飾りをしなければと思いついたからだが、その足が不意に止った。

「かわせみ」の正面の道は、大川の流れと平行に通っていて、それと大川の岸辺を結ぶ小道が一本、ちょうど「かわせみ」の裏口の前にある。

裏口は木戸で、それを入って右へ行くと「かわせみ」の勝手口、左へ廻り込むと、るいの住居の庭のへりに出る。

「かわせみ」一軒のための私用の道であり、入って来るのは「かわせみ」に出入りの商人か

「かわせみ」の使用人くらいのものなのだが、そこに見馴れぬ男が立っていて、るいのほうを眺めている。

男と視線が合い、るいは小腰をかがめ、会釈をしながら訊いた。

「何か、手前共へ御用でしょうか」

すぐには返事が戻って来なかった。男はかわいそうな程、うろたえ、慌てて言葉を探している様子である。

るいの背後に下駄の音が速やかに近づいた。

ふり返らなくとも、るいにはそれが誰か分る。

「失礼でございますが、誰方様で……」

およそ老人とは思えない、力のある太い声音で訊ねられて、男がやっと応じた。

「こちらは宿屋ですか」

嘉助が口を開く前に、るいが答えた。

「左様でございますが……」

「泊めて頂きたいのです。手前は高市新之助と申します」

「では、表へ御案内申します」

すかさず嘉助が男の傍へ寄り、高市新之助と名乗った男はびっくりしたように相手を瞶《みつ》めたが、嘉助の会釈を受けてその後について行った。途中で二度ほど、ふり返ってるいを見る。

苦笑して、るいは枝折戸のほうから居間へ入った。

やがて、宿帳を持って嘉助が部屋へ来る。

「一応、竹の間に致しました」

廊下から踏み込みに三畳、その奥に庭へ面して八畳の部屋は床の間つきになっている。

「かわせみ」では中くらいの部屋であった。

「殿方お一人のようだし、まだ、お若い方ですものね」

宿帳を見ると京都で中御門《なかみかど》大路となっている。別に、もう一行、こちらは、

「東京の御親類のお住いで、身許保証人のようなものだとおっしゃいました」

番町で主人の名は小野清麻呂。

「まるで、お公卿《くげ》様のようなお名前ですな」

廊下をどすどすと足音を立ててお吉がやって来た。

「まあ、驚き桃の木山椒の木。あちら様はどこかのお殿様ですかね、まあ、お品のいいこといったら、音も立てないでお茶を召し上ってるんですよ」

るいがお吉を目でたしなめ、嘉助がいった。

「ひょっとすると、堂上方の若様では……」

「なんです。そのドウジョウガタってのは」

「大きな声を出しなさんな。天子様にお仕えする公家華族様だよ」

お吉が口に手を当てて笑い出した。

「まさか、いくらなんでもそんなおえらい方が、うちなんかに……」

るいがつんとした。

「うちなんかですいませんでしたね」

「いいえ、お嬢さん、いいえ、御新造様、お言葉ですけど、天子様ってのは、こないだ江戸城へお入りになった御方でございましょう。なんたって将軍様がへいこらしてお城をさし出しちまったような御方に奉公なすってるんですからお大名より上なんです。いくら何でも、そんなお人が町方の宿屋へお泊りなさるものですか」

るいの顔色をみて、嘉助が膝を進めた。

「そういうがね。お吉さん、徳川様の頃には参勤交替のお大名は殿様だって道中の宿屋へ泊りなすったんだから……」

「本陣っていうんですよ、番頭さんもものを知らないね」

「本陣も宿屋も同じだい」

「違いますって……」

「おやめなさい。いい年齢《とし》をしてみっともない。あんた達の話を聞いていると、頭が痛くなる……」

「そりゃいけません。若先生の所へ行ってお薬を頂いて参りましょう」

「わたしなら来ていますよ」

ほがらかな声が部屋へ入って来た。

「はい、お土産。マギー夫人がカスティラを焼いたんだ」

風呂敷包をお吉に渡し、すぐ縁側へ出た。

「やっぱり、ここの猫柳は随分、ふくらんで来てますね。この猫柳を山形のほうではにゃんにゃん、この木、福井の人はにゃにゃと呼ぶようですよ。昨日、患者さんから聞いたばかり、早速の受け売りです」

茶箪笥から麻太郎用の茶碗を出しながら、るいが嬉しそうにうなずいた。

「今年はいつもより少し遅かったみたい。そこに出してある春蘭の鉢植えも、届けて来た植木屋さんの講釈より五日も遅れて蕾《つぼみ》が開いたんですよ」

「今頃咲く花はみんな健気ですよ、長い冬の寒さに耐えて咲くんですから……」

「それも受け売りですか」

「バーンズ先生の口癖です」

るいと麻太郎が声を合せて笑い、帳場へ戻った嘉助とお吉が目を見合せた。

「そっくりだなあ」

「ええ、そっくりですよ。昔の若先生に……」

嘉助が近頃、大番頭さんの場所といわれている帳場の奥の部屋へ入り、お吉はさも忙しそうに台所へひき上げて行った。

るいの居間では、いつものように麻太郎がお代りをした二杯目の煎茶をいれながら、るいが思いついて訊ねた。

「番町って大きな町なのでしょうね」

「徳川様の時代は武家地でしたからね。たしか半蔵御門と四谷御門をつなぐ道が番町の南のはずれで、北側が田安御門と牛込御門を結ぶ道で仕切られた町だったと思います。千春が嫁入りした麴町はすぐ隣です」

るいが合点した。

「やっぱり、そうですのね。なにしろ、あの辺りは御縁がなかった土地でしたから……」

江戸の治安を守るために、南北に奉行所が置かれ、そこで働く与力、同心は名目は一代限りとされながら、代々が世襲であった。

与力、同心の子は成年に達すると見習として出仕し、親が隠居するとその職を継ぐ。どんな手柄を立てようと同心の子は同心のままで、出世して与力となることはない。

役料として同心はおおむね三十俵二人扶持、与力はおよそ二百石が支給されて、八丁堀の役宅に住む。

幕府直属の家来でありながら、旗本、御家人と差別されたのは、彼らが罪人を捕え、収監し、裁判の結果に従って処刑する、いわゆる不浄役人の故であった。

考えてみれば、こんな理屈に合わないことはないので、御一新後は奉行所はなくなり、少々の紆余曲折《うよきょくせつ》があって、明治七年一月からは内務省の中に移された警保寮から犯罪捜査に当る司法警察と犯罪を防ぐ行政警察に分れ、東京警視庁が創設されている。

るいのような町奉行所の同心の娘として生まれた者には有為転変の世の中という感じもあるが、父親が歿《なくな》った時、同心の株をお上に返上して宿屋稼業を始めた歳月がけっこう長くっていたせいもあって、あまりそっちのことを考える気持はなかった。

むしろ、広大な武家地の一つであった番町界隈の変貌のほうが印象的であった。

ともあれ、その時のるいとしては高市新之助という客には、番町に親類があるようなので、かつては旗本か御家人の家の子ではなかったのかといった推量をしてみただけで、格別の関心を抱いたわけではなかった。

けれども、お吉は例によって好奇心旺盛なので、布団の上げ下しや、食事の膳を運ぶのに、

「あちらはお若い殿方でございますから、もし若い女中をやって何かあるといけませんので……」

などといって、必ず自分がついて行く。しかもその都度、何やかやと新之助に質問をしているらしい。

で、るいの部屋へ来ては、

「おみかけした感じでは三十を出ていらっしゃるかと思いましてね、宿帳をのぞいてみまし

たら二十九歳でございましたよ」

に始まって、

「歿ったお父様は京都のお公卿さんで天朝様のお供をして江戸、いえ、今は東京ですけど、その頃は江戸で。お母様の里方は徳川様の御家来で京都所司代って所にお務めだったそうですよ。まあ、それでもって御夫婦になって、お子さんが二人、上の方が小野家をお継ぎになって小野清麻呂様。清麻呂様ってのは先祖代々、跡継ぎがお名乗りなさる決まりだとか。高市って苗字はお母様の御実家で、新之助様はそちらの御養子さんになっているんです」

延々と続く。で、るいが、

「いつもいっているでしょう。お客様によけいなことをあれこれお訊ねするのはひかえましょうって。本当にお吉は詮索好きなのだから……」

と叱っても、

「別によけいなことはございませんです。お泊りのお客様にそれとなく好き嫌いや御酒を召し上るかどうか、寒がりか暑がりかなんぞを知っておくのは女中頭の私にとりまして板前や女中に指図を致しますために、どうしても必要なんでございます」

けろりとしていってのける。

なにしろ、娘の頃から庄司家に奉公していて、るいにとっては身内も同然のお吉のことなので、結局は当人のいう通りにまかせてしまうるいではあったが、思い込みは激しいし、好き嫌いもはっきりしすぎているお吉のことなので、それとなく若女中頭のお晴に注意したり、嘉助に相談したりで日が過ぎた。

もっとも、肝腎の高市新之助に関しては、食事に出されるものは何でも旨いといって平げるし、酒はつき合いで少々飲む程度なので一人だとまず必要ないという。

女中達の話では、

「お行儀がとてもいいのです。いつもきちんと座ってお出でで胡坐《あぐら》をかいていらっしゃるのも見たことがありません。私共をお呼びになる手の鳴らし方もお優しくて……」

ただ、猫舌なのか、あまり熱いものは苦が手ではないか、とお晴が気付いていた。

「最初はお汁でもお茶でも熱々をお持ちしたのですが、必ず冷《さ》ましてから召し上るので……」

今は程々に冷ましてから運ぶようにしているらしい。

嘉助は新之助の宿泊する日数が重なるのを気にしていた。

すでに「かわせみ」の客になって五日が過ぎていた。

新之助の日常は、朝飯がすむとのんびり出かけて行く。帰って来るのは午《ひる》すぎのこともあり、夕方になる場合もあった。

「どうやら御見物のように見えるんですが」

人に会う様子でもなく、これといって用事があるとは思えない。

午飯は外で済ませると見えて、嘉助に旨い店の所在を訊ねたりしている。買い物は書物らしいのを手にしてくるのがせいぜいで「かわせみ」の帳場に小判二包、つまり五十両と革袋に入った銀貨と、別に新政府発行の紙幣の束をあずけてある他に、唐草模様を織り出した紙入れに当座の入用が納めてあるらしいのを外出の際は懐中して行く。

普段、着ている薩摩絣は上物で、何回か洗い張りをし仕立直してちょうど着易い頃合になったものだし、帯は結城紬で如何にも締め具合がよさそうに見える。袴はやはり結城紬を濃青に染めたので、一介の書生が気軽く着用出来る品物ではなかった。

それに、るいをはじめ「かわせみ」一同が感心しているのは、新之助の持っている何ともいえない品格であった。口のきき方はざっくばらんだが、僅かに西の訛りが残っている。

お吉にいわせると、それはそれで、

「芝居に出て来るお殿様みたいですね」

ということになる。

それでも「かわせみ」一家は身贔屓が強くて、

「なんのかのといっても、若先生には敵《かな》いませんね。あちら様が雛人形のお内裏様なら、若先生は光源氏が洋行して来なすったってもので、男前の上にハイカラで、お召物だって何をお着せしてもぴしっときまって、その上お医者様、名医中の名医って方ですよ。風格ってものが違います。強いて太刀打ちがお出来なさるとすれば、狸穴の方月館にお出でなさる通之進様に三十年ばかり若返って頂いて……」

といいかけ、嘉助から、

「何をいってやがる。神林の大殿様は若先生のお父上様じゃあねえか。親御様と若先生を並べてどうするんだ」

と怒鳴られた。

折も折、往診の帰りだという麻太郎が、

「悪い風邪が流行り出しているのですよ。ここのみんなは大丈夫かな」

黒鞄を下げて入って来て、

「まあまあ今、お噂してたところなんですよ。ようこそお帰りなさいました」

お吉が年甲斐もなく手を叩き、早速、奥へ駈け込んで行く。麻太郎のほうは上りかまちに腰を掛けて短靴の紐をほどいていると、ちょうど暖簾をくぐって入って来たのが高市新之助であった。

ちらりと新之助が麻太郎を見、麻太郎は視線を上げて黙礼した。

すかさず、若番頭の正吉が、

「お帰りなさいまし」

と出迎えて客間のほうへ導いて行く。上りかまちにいた麻太郎の耳に、

「今の人は客か」

と訊いている新之助の声が届いた。

で、いつものように暖簾の所まで出迎えたるいに、

「あちらは御常連ですか」

とささやくと苦笑して首を振っている。

そのまま、るいが居間へ戻り、麻太郎も我が家のような顔で続いた。

すぐにお吉が買って来たばかりだという豆大福を菓子鉢に盛ってやって来る。

「おかげさまで、今の所、風邪っ引は一人も出て居りませんから、安心して召し上って下さいまし」

といったのは、この前、麻太郎が、

「風邪は引きはじめと治りかけが肝腎ですから……」

と注意して、もし、熱っぽいとか、咽喉がおかしいと思ったら、とりあえずこの薬を飲み、誰かバーンズ診療所へ使を寄こして下さい、と念を押しておいたせいである。

麻太郎は豆大福が好きでも嫌いでもないが、バーンズ先生とたまき夫人、それにマギー夫人も和菓子に目がないので、

「すみませんが、これをいくつか貰って行ってもいいですか」

とるいに訊くと、

「御心配なく。これはお客様用に買わせたのですけれど、麻太郎さんが見えたので、今、若

い者を使にやりましたから……」

土産用に十個、用意したとあでやかに笑っている。

「日持ちのするものではありませんから、そのくらいにして、お気に入ったら、また買ってお届けさせますよ」

「いや、店を教えて下さい。今度はわたしが買って来ます」

「男の方が甘いものなぞお買いになっては、沽券《こけん》にかかわるんじゃありませんか」

「冗談じゃない。イギリスでは紳士が手土産にします。但し、豆大福ではありませんが」

きれいな箱に入れてリボンをかけて花束と一緒に持参したりするという麻太郎に、るいが目を細くした。

「麻太郎さんも、きれいなお嬢さまにそうやって差し上げたのでしょう」

「残念ながら、差し上げる相手がみつからない中《うち》に帰国してしまいました」

笑い出した二人が殆んど同時に庭に突立っている男を見た。男が狼狽した。

「失礼。大川の岸に出るには裏口が近いといわれて出て来たところ、迷ってしまって……」

男にしては色白の顔が赤くなっている。

るいがすぐ庭下駄を履いて男に近づいた。木戸を出て川岸へ出る方向を指して教えている。

麻太郎がなんとなく不安心な気がしたのは、男が必要以上にるいに顔を近づけてものを言ったり、るいの指す方向を寄り添うようにして眺めたりしているように見えたからで、自分も庭下駄を探して走って行くと、男は丁寧にるいに会釈をして大川への道へ出て行った。

「うちにお泊りのお客様なのですよ」

傍へたどりついた麻太郎にるいが教えた。

「高市様とおっしゃって、京から出ていらしたそうですよ」

「お客でしたか」

遠ざかって行く男を見た。

「ちょっと変った人ですね」

「女中達はとても優しい方だというのですけれど、お吉はなんだか傍へ行くと口説《くど》かれそうで気味が悪いなんぞというのですよ」

「成程」

お吉が縁側から呼んでいるのに気がついて、その話はそこで終った。

中一日ほどして、麻太郎はバーンズ先生の許可を得て外出した。日曜日である。

建前からいえば休診日で、実際、バーンズ診療所の入口に近い柱に架っている看板には外来患者の診療時間は月曜から金曜までは午前九時より五時まで、土曜は午前九時より正午まで、日曜祭日は休診と明記されているのに、それを守る患者は三割にも満たない。もっとも、バーンズ先生の主義としては、人間は病院の診療時間内に発病するとは限らない。むしろ、夜更け、真夜中のほうが具合が悪くなって医者の診察を必要とする場合が多いのであるから、医者たる者、なるべくその要望に応えるべきであるというものなので、看板の最後には「急患の場合はこれに限らず」と断り書きがしてある。

「リチャードは理想主義者なのですよ。医者といえども人間に変りはないんだし、休みも取らずに働き続けていたら必ず体をこわします。そのために神様が安息日を与えて下さったのに、ちっとも解っていないのだから……」

と姉のマグダラ・バーンズ、通称マギー夫人が歎いても、どこ吹く風である。

「あんな頑固親父の真似をすることはありません。この病院の規則なんですから、麻太郎はきちんと休みをお取りなさい」

毎度、マギー夫人は口が酸っぱくなるほど麻太郎にいっているけれども、

「わたしも別に毎日曜日ごとに用事があるわけではありません。折角、神様が安息日とおっしゃるのですから好きなようにしています。することもなしにぼんやりしている時に患者が来れば、診《み》るのは当り前ですし、日本では小人、閑居して不善をなすという格言があります。わたしとしては閑居しないほうが何かと無難な気がしますので急患の到来は神の助けです」

なぞと、マギー夫人には全く理解不能のことを喋って無視してしまう。

「麻太郎君もわたしも出かけたいと思えば出かけることにしている。御婦人方は我々にかまわず、御自由に買い物なり、散歩なりにどうぞ。もし銀座へ出るなら、木村屋の餡パンを是非、買って来てもらいたい。ああ、葉巻は自分で買うからいいよ。どうも、女性は男性の嗜

好品に対して銭惜しみをする傾向がある。そう思わないかね、麻太郎君」

とバーンズ先生がとぼけた調子でまくし立て、結局、マギー夫人とたまき夫人が憤然として出かけて行くのが毎度のことであった。

けれども、この日曜日、麻太郎が外出したのは友人の畝源太郎を訪ねるためで、畝家ではぼつぼつ臨月の花世が大きなお腹を抱えていて、結婚前から花世に頭の上らない源太郎がおろおろしているに違いないと思った故である。

手土産に花世がこの頃、気に入ってそればかり食べているという清国の饅頭を居留地の雑居地域にある店で買い、その足で畝家へやって来ると、井戸端で長助が所在なげに洗濯をして居り、家の中からは激しい花世の声とそれをなだめる源太郎の、

「だから……」

とか、

「そうじゃなくて……」

とか、

「誤解だよ」

などという途切れ途切れの弁解らしいのが聞えてくる。

長助が麻太郎に気づき、立ち上ったので訊ねてみた。

「夫婦喧嘩か」

長助が顔をくしゃくしゃにしてぼんの窪に手をやった。

「それがその、花世嬢さんが、男につきまとわれたとか……」

「何だって……」

「つまり、その、花世様を好きになって、えらく親切にする男が出て来まして、それが家へまで送って来たりしますんで、源太郎坊っちゃんが近所の手前、みっともないってんで……」

しどろもどろの長助を麻太郎は制した。

「待てよ、長助。花世さんが誰を好きになったのか知らないが、あの体だろう。源太郎君の誤解じゃないのか」

長助が両手をひらひらと横に動かした。

「いいえ、花世様が誰かを好きになったんじゃなくて、変な男が花世様に惚れちまったらしいんです」

麻太郎が笑った。

「変な男なら、とっつかまえればいい。長助にとっちゃ昔取った杵柄《きねづか》だ」

「ですが、花世様がその方に無礼があっちゃあならねえと……」

「花世さんが、そいつをかばっているのか」

情なさそうな長助の表情を見て、訊いた。

「どんな男なんだ」

返事がないので思いつきを口にした。

「新富町の役者とか……」

「いいえ、花世様は芝居見物はお好きではないようで……」

「わたしの知っている男か」

「多分、御存じねえと思います」

「鳶の若頭か、老舗の若旦那とかじゃないだろうな」

「へえ」

「そいつを花世さんはどこで見初めたんだ」

「違いますんで……花世様が見初められたんでございます」

「まさか、間もなくおめでただって女を見初める奴がいるのかな」

「まさかも、とさかも、実際、そうなんでございます」

「まともじゃない奴だろう。陽気の加減で頭がおかしくなったとか、けっこう年齢《とし》を食って家族と不仲になって寂しいから……」

「若先生」

長助が悲鳴のような声を発した。

「そいつが、まるで芝居に出て来る若殿様みてえな人で、上品ってえんですか、立派てえんですか……」

「長助はそいつを見たのか」

「へえ、源太郎坊ちゃんと御一緒に……」

「どこで見た」

「それが……」

くぐもった声になって、それでも続けた。

「かわせみなんでござんす」

麻太郎が絶句し、長助はへなへなと座り込んだ。

二

どうにも気の進まないといった感じの長助を追い立てるようにして麻太郎が畝家の台所口へ近づいた時、家の中から源太郎がとび出して来た。

「若旦那……」

と呼んだ長助へ、

「産まれそうなんだ。湯を沸かしてくれ。俺は産婆を連れて来る」

疾風のように駈け出して行く。

遠慮を忘れて麻太郎は部屋へ入った。

花世は布団の上にすわり込んだような恰好で腹を両手で抱え込んでいる。思わず、

「産まれそうですか」

と麻太郎が訊き、花世が真赤な顔で合点した。一瞬、麻太郎は自分が医者であることを忘れた。何かしなければと思い、何をしてよいか判らない。

花世が片手を腹から放して、指した。

「そこに……」

「どこ……」

「押入れ……」

「ここか」

「開けて……」

「ええっ」

「早く……」

土間に入って来た長助が四つん這いで寄って来て、押入れの襖に手をかける。

「ここでござんすか」

花世がじれったそうに叫んだ。

「うちの押入れはそこしかありません」

「花世さん」

麻太郎が、およそ日頃の麻太郎らしくない声で訊いた。

「押入れを開けて、どうする」

「小行李が……」

「小行李がどうしたって……」

「出すのよ」

「何を出すんだ」

花世が悲鳴を上げた。

「わからずや。ああ、もう、産まれそう……」

長助が、がたぴしと押入れの戸を開けようとするが開かない。

「こいつは何かがひっかかってまさあ」

麻太郎が長助を押しのけ、両手を襖の端にかけて力まかせに外《はず》した。とたんに中の物がどさどさと落ちて来る。花世が手当り次第に押し込んであったもので、なだれのように崩れるのを長助が止めようとして下敷になった。

源太郎が殆んど産婆を肩にひっかつぐようにして帰って来たのはその時で、

「まあまあ、皆さんは外へ出て、おや、もう産まれかけてるよ。こりゃあ安産だね」

握って来た大前掛をぱぁっと広げて身支度をした。

で、麻太郎が源太郎をうながして庭へ出るのに長助も続いた。

三人の男が陽だまりに寄り添うように座り、つくねんとしているのを荷をかついで路地を通る豆腐売りが不思議そうに横目に見て行く。

威勢のいい産《う》ぶ声が四辺に響き渡ったのは間もなくで、三人が慌てて腰を上げ、麻太郎はまず二人を制して様子を見に行った。

産婆が怒鳴りつけるように何かいっているのが聞え、源太郎と長助がおそるおそる台所を覗くと、麻太郎が釜に湯を沸かしていた。

長助が、

「若先生、産湯でござんしたら、もう沸かしてありますが……」

釜の蓋を取ると、成程、湯が煮えたぎっている。

「冗談じゃない。それでも医者か、人の赤ん坊、火傷させたらただじゃすまないぞ」

源太郎が土間のすみから古盥《ふるだらい》をひっぱり出そうとして長助に止められた。

「若旦那、新しいのが用意してござんすから……」

湯が熱すぎるの、いや、これではぬるいと一騒動したあげく、再び、産婆に追い出されて外へ出ると、ぞろぞろと集って来た近所の人らしいのから、

「産まれましたか」

「いや、そこで豆腐屋が、どうやら産まれたようだというもので……」

「男ですか、女ですか」

と口々に問われた。

源太郎が返事をしないので、麻太郎と長助が、なんとなく頭を下げていると漸く、産婆から声がかかって、何故か足がもつれて歩けないという源太郎に麻太郎が肩を貸して家へ入った。遠慮がちについて行った長助がすぐ戻って来て、

「坊っちゃんでござんした。どうも御心配をかけまして。へえ、母子《おやこ》共に元気だってことでございます」

と挨拶している。一足遅れて奥から出て来た麻太郎は「かわせみ」へ向った。

帳場の所にるいと宗太郎がいて、麻太郎が、

「産まれました。母子共に健全だそうです」

というと、そのまま、二人が宿屋の下駄を突っかけて出て行った。

「若先生」

と傍へ来たのはお吉で、

「坊っちゃまですか、それとも嬢さまで……」

と嬉しそうに訊く。麻太郎は絶句した。自分は出産に立ち会っていないし、奥から戻って来た源太郎にしても、近所の人の問いに、どちらだと答えていない。しかし、あれから又、源太郎と長助が奥へ行って、長助が戻って来てと慌しく思い出して、

「そういえば、長助が男の子だといったようです」

と返事をした。顔を上げると、あきれたように自分を眺めているお吉の視線にぶつかったので、

「宗太郎先生も、るい叔母様も行って下さったようですから、わたしは診療所へ戻ります」

と告げ、背を向けると、まだ何歩も行かない中《うち》に、

「まあ、若先生でも逆上《あが》りなさることがあるんだねえ。普段は沈着冷静って字を絵に描いたような御方だっていわれなすっているのに……」

というお吉の大声が聞えた。

這《ほ》う這《ほ》うの体《てい》でバーンズ診療所へ戻って来ると日曜休診だというのに、待合室に患者らしいのが四人、いずれも麻太郎を見ると、ほっとした表情になって、

「お帰りなさい」

と頭を下げる。

薬剤室からマギー夫人が手だけ出して麻太郎を招いた。入って行くと、

「相模屋の旦那がお友達を是非、診てくれとお連れになってね。今、リチャードが話を聞いているけれど、なんだか訳が分らないみたいなので、行ってやってちょうだい」

大きな歎息の後に低声《こごえ》でいった。

マギー夫人にうなずき、麻太郎は二階へ行って診察着に着替えて大いそぎで下りて来た。

待合室には、麻太郎も顔見知りの相模屋の旦那、田中禄左衛門がいて隣にやはり商家の主

人と思われる初老の男が二人、少し離れて別にもう一人。麻太郎はその男の容貌を記憶していた。

この前、「かわせみ」に泊っていた客で名は高市新之助。

るいの話では上方から来た客で、父親は京都の公卿、母親は旧幕時代、京都所司代に属していた役人の娘。兄が一人いて小野清麻呂、弟は母方の実家へ養子に入っていて、その姓を継ぎ、高市新之助と名乗っているという、その男である。相変らず端然として身動きもしない。

麻太郎はさりげなくマギー夫人に問うた。

「あちらの若い患者さんは、相模屋さんのお連れですか」

マギー夫人がカルテを見るような恰好でそっと首を振る。

「では、紹介はなしですね」

ひかえめに、もう一度、マギー夫人が否定した。

「紹介者があるんですか」

「御当人がそうおっしゃっているだけですけれどね」

「紹介状があるわけではない」

「でも……」

マギー夫人がカルテのかげから高市新之助を覗いた。

「あちらが嘘をつくような方とは思えませんね」

「誰です。紹介者は、わたしの知っている人物ですか」

麻太郎の予想を裏切って、マギー夫人が肯定した。

「麻太郎の知っている人ですよ」

「さてと……」

「見当がつきませんか」

「全く……」

「やっぱり、嘘かしら」

マギー夫人の口調が強くなって、麻太郎は慌てた。

「紹介者は誰だといったのですか」

「千春さん」

麻太郎が聞き取れないほどの小声であった。

「千春……」

「正しくは、千春さんのおつれあい……」

「清野凜太郎ですか」

漸く、高市新之助が立ち上って麻太郎の前へ来た。

「御挨拶が遅れてすまぬことでした。わたしは小野清麻呂の倅ですが、高市家へ養子に入りましたので、母は高市雪乃と申します」

止むなく麻太郎も礼儀正しく答礼した。

「神林麻太郎。千春の兄です。清野凜太郎を御存じですか」

「友達というほどではありません。ただ、清野家も御所に仕えていて、わたしの家も公卿なので……」

「そうでしたか」

バーンズ先生が診察室から出て来て高市新之助はそわそわした。

「急用を思い出しました。今日はこれにて……」

そこに居る人々に丁寧に頭を下げ、ドアを出て行った。

見送っていたマギー夫人が麻太郎に、

「公卿ってなんです」

いかがわしいものでも見たように訊く。

「イギリスでいえば貴族ですね」

御一新後、新政府はそれまでの公卿や大名諸侯を廃して華族を置いたのだと麻太郎は少々、冷汗《ひやあせ》をかきながら説明した。

「一番上は公爵様で天皇家の御一族、それから摂家。次の清華家は侯爵。その下は大納言までの堂上方が伯爵、その下に御一新前に家を興《おこ》した堂上方が子爵かな。武家華族というのは徳川宗家や御三家、御三卿で順番に公爵、侯爵、伯爵だったと思います。あとは大名が旧幕時代の禄高によって侯爵、伯爵、子爵になったんですが、まあ同じ華族様でも公卿さんの出と、武家の出と二つがあるくらいしか、わたしは知りません。そういえば大和などの古くからの有名な社寺の僧侶の方々も華族になられたそうです」

マギー夫人が感心した。

「麻太郎は物知りですね」

「いえ、受け売りです。なにかで清野君に教えてもらった程度で……」

「そういえば、清野君は式部寮につとめているんじゃったな」

バーンズ先生がいい、マギー夫人が、

「千春さん、元気にしていますかね。赤ちゃんはまだお出来なさらないの」

話が急に下世話になった。

更に次の日曜日、麻太郎は大きな風呂敷包を二つ持ってバーンズ診療所を出た。

バーンズ先生の旧友で横浜在住のイギリス人夫妻が琉球見物に出かけ、その土産だと届けて来たもので、

「船はなんでも積めるからこんな重いものを十壺も買って来たんでしょうけれど、とても使い切れるものじゃありませんよ」

麻太郎には気の毒だが、一つは「かわせみ」、もう一つは清野家へ届けてはという

マギー夫人の発案で、バーンズ先生が人力車か馬車を呼ぶからというのを、

「なに一つはかわせみで、近いですからね。残りが一つなら、なんということでもありません」

例によって人力車も馬車もあまり好きではない麻太郎はさっさと出かけた。

「かわせみ」へ着いたのが、正午少し前で最初からそれが目的で出て来たのだから、

「腹が減っているんです。イギリス式の朝食は日本にくらべて簡単すぎますからね」

風呂敷包の一つを帳場へあずけ、もう一つは正吉が運ぶというのを断って自分でるいの部屋へ持って行った。

予想通り、るいはいそいそと麻太郎のために旨い煎茶をいれて、台所からはお吉が朝から二の膳つきであれやこれやと麻太郎の好物を並べて来る。それを麻太郎が気持のよいほどの食べっぷりで片付けて、最後は板前が下《おろ》したばかりの鯛の薄造りを御飯の上に並べて山葵《わさび》と大根のおろしたのをちょんと載せ、熱い茶をかけたのをさらさらとかき込んで、

「ああ、旨かった。今日は夜まで何も食わなくても大丈夫ですよ」

と満足そうにいうのを早速、お吉が嘉助に取り継いで、

「昔の若先生を想い出しますよねえ」

「ああ、そっくりだ。血は争えねえなあ」

と合点している。

一方、るいの部屋では高市新之助のことが話題の中心になっていた。

「お客様のことをあれこれ申し上げたくはございませんけど、あの方は変っていらっしゃいますよ。それも、並大抵の変り方ではありません」

麻太郎の知っている日頃のるいは滅多に人を非難しないのに、眉をひそめ、嫌そうに眉間に皺を寄せて言う。それで、おそるおそる、

「どこが変っているのですか」

と反問すると、

「どこも、かしこもです」

きっぱりした返事であった。しかし、それだけでは何の事やら見当もつかないので、

「例えば、どんな点が……」

と探りを入れると、

「あちらは……恥知らずの女好きです」

およそ、日頃のるいらしくない返事が戻って来た。

「高市新之助が誰かを口説いたのですか。まさか、叔母上では……」

冗談としていいかけると、

「私は隙をみせませんから、口説かれなぞ致しません」

毅然とした声には仰せのように油断も隙もない。

「では、女中の誰かを……」

お吉をはずして、他の女中達の顔を思い浮べていると、

「女中は一通り、口説かれたそうですよ」

苦笑しながらの答えであった。

「一通りといって、よもや、お吉まで……」

「お吉も一通りの中に入っているとしたら、麻太郎さん、どう思います」

「本当ですか」

「お吉が申しましたの。自分は幼い頃に母と死別したので、あなたのような年頃の女性《ひと》から優しくしてもらうと涙が出るほど嬉しいといわれたのですって……」

「まさか」

「嘘だとお思いなら、お吉に聞いてごらんなさい。胸がじんとして一晩中、眠れなかったそうですよ」

不快そうなるいの顔色をみて、麻太郎はいった。

「そんな奴をいつまでも泊めておくことはありません。なんならわたしが話をして出て行ってもらいましょう」

ほんの僅か、るいの表情が揺れた。

「そういうことは嘉助も正吉も馴れていますから大丈夫ですけれど、あちらは清野様とおつ

き合いがあるとか。もし、うちでのことが清野様に知れて、凜太郎様に御迷惑がかかりはしないかと……」

麻太郎が制した。

「わたしが凜太郎に会って訊いてみましょう。こういうことはこじれると厄介です。すみやかに結着をつけるべきです。明日とはいわず、今から行って来ます」

るいはまだ何かいいたそうであったが、麻太郎は頓着せずに部屋を出た。帳場へ来ると嘉助とお吉が心配そうに麻太郎を見ている。

どこへ行くともいわず、麻太郎は二人に手を上げて、正吉の出して来た自分の靴を履き、あずけておいた風呂敷包を受け取って「かわせみ」を後にした。

三

清野家では凜太郎が今しがた帰って来たばかりとのことで、女中が客間へ案内しようとしている所へ、

「お兄様なら居間のほうがいいわ。すぐ行きますから……」

奥から千春の大声が聞えた。続いて、ぱたぱたと廊下を走って当人が姿を見せ、

「お兄様、こっち、こっち」

と手招きしている。女中が今にも笑い出しそうになり、麻太郎は空咳をして、千春のほう

へ歩いた。

その部屋は南側に縁があって庭が広がり、北側は中庭沿いに玄関から続いている。

三畳の小さな部屋がついた六畳の居間はこの時刻、陽ざしが居間の障子ぎわまで射し込んで如何にも春めかしい。

床の間には周南の「桃夭《とうよう》」の詩を書いた軸が掛けてあった。

桃之夭夭
灼灼其華
之子于帰
宜其室家

前に座って眺めている麻太郎に千春がいった。

「お兄様、わかりますか」

麻太郎が静かに読み出した。

「桃の夭夭《ようよう》たる、灼灼《しゃくしゃく》たるその華《はな》。この子《こ》、ここに帰りなば、その家《いえ》によろしからむ」

掛け軸から千春へ視線を移した。

「詩経という清国の大昔の書物に出ている。子供の頃、父上から学んだ」

麻太郎が父上といったのは狸穴に隠棲している神林通之進のことであった。

続けて読んだ。

「桃の天々たる、蓁蓁《しんしん》たるその葉

この子、ここに帰りなば

その家人に、よろしからむ」

千春がいった。

「凜太郎様が蔵から見つけて来て下さいましたの。まるで、千春のことを歌っているようだとおっしゃって……」

ふっと麻太郎が笑った。

「たしかに、お前は桃太郎みたいだからな。その中、強そうな犬と猫を探して来てやるから、鬼ヶ島へ行って宝物を分取って来い」

「お兄様ったら。犬と猫じゃありません。犬猿雉の三匹です」

「もう間違ってるぞ。犬猿の二匹に雉の一羽だ。よくそれで凜太郎の嫁さんやっていられるな」

快活な笑い声と共に凜太郎が入って来た。

「お久しぶりですね、麻太郎君。この家は温かいでしょう」

「なに……」

「千春さんが嫁に来てくれてからずっと温かい、おかげでこの冬は寒さ知らずに過しましたよ」

「早速、のろけか」

「いけませんか」

「麻太郎君とはなんだ。わたしは君《きみ》の兄貴だぞ」

「まあ、いいじゃありませんか。ちゃんと敬称はつけています」

清野家の執事である尾辻宣彦の妻の里子が紅茶を運んで来た。専用の急須には桃色と若草色を染め分けた綿入れの布が掛けてある。

それは、バーンズ先生夫妻が凜太郎と千春の結婚祝にと、知り合いの輸入業者に特別注文した紅茶茶碗六客と西洋急須の組合せに添えられて来たたまき夫人の手作りの品であった。

それを知っている麻太郎としては、千春の嫁入りをバーンズ診療所の人々がどんなに喜んで、末長く幸せにと祈ってくれたかが改めて心にしみた。

千春が里子と部屋を出て行くのをみすまして、麻太郎は漸く、今日、凜太郎を訪ねて来た本題にとりかかった。別に悪事の相談ではないが、色好みの男の話は女達の前では話しにくい。

高市新之助という名前に心当りはないかと訊ねた麻太郎に対して、凜太郎はあっさり、知らないと即答した。

「では、父親は公卿で小野清麻呂。母親の実家は旧幕時代、京都所司代に奉公する高市何某《なにがし》。

新之助というのは母親の実家を継いだそうだ」

麻太郎の言葉に考え込んだ。

「どうも心当りはないが……そいつが何か仕出かしたのか」

「かわせみ」に泊っている客だ、と教え、麻太郎はその男の特徴を並べはじめた。

中肉中背だが、どちらかといえば華奢な印象を受ける。住所は京都の中御門大路、身許保証人として挙げたのが番町に住む小野清麻呂というのは、新之助の父親と同姓同名だが、実は血の続きはない。要するに新之助の父が歿った直後に養子に入って小野家を継いだ。清麻呂というのは代々、小野家の当主が名乗る名前である、とまで麻太郎が喋ってから、凜太郎が訊いた。

「新之助というのは小野家の倅なのだろう。どうしてそいつが清麻呂を継がなかったのだ」

「わたしが聞いた限りでは父親が歿った時、新之助はまだ幼年であった故との話だが……」

「養子に入ったのは小野家の親族か、それとも……」

「その辺は、わたしも知らない」

麻太郎にとって友人ではなかった。ただ「かわせみ」の客というだけである。

「そいつが何か問題を起したのか」

凜太郎に訊かれて、麻太郎はちょっと返事に窮した。

「今のところは何もないが、なんとなくいかがわしい奴なのだ」

「いかがわしい……」

「要するに女好きだ」

「素性の知れない女をひっぱり込んだとか」

「それはない。そんなことをすれば追い出される」

「そうだろうな」

凜太郎が少し笑ったのは、「かわせみ」の一騎当千ともいうべき嘉助やお吉、正吉やお晴などの顔が瞼に浮んだからである。

「では、毎晩のように吉原通いをして朝帰りだとか。吉原とまでは行かなくとも、深川は近いな。そういえば、この節、深川は大層な人気だと聞いたが……」

能天気な友人の顔を麻太郎は睨んだ。

「宮仕えの身で、よく岡場所の人気なんぞを知っているな」

「新聞で読んだだけだ。遊びに行くなら君を誘って行く」

「妹の亭主と二人連れで女郎を買いに行くほど間抜けじゃないよ」

「いい加減に、嫁を貰えよ。みんな心配している」

「深川女郎を嫁にしろってか」

凜太郎が笑い出した。

「そんなことになったら、千春が泣くよ」

話を「かわせみ」の客に戻そうといった。

「そいつは、どこの岡場所で遊んでいるんだ」

「夜は出かけないそうだ。嘉助とお吉が保証している。早寝早起き、極めて健康的だ」

「昼遊びか。そういえば岡場所の昼遊びもけっこう面白いらしいな」

「どなたかさんと違って、せいぜいが見物がてら銀座へ出かけて、女中達にちょいとした土産を買って来る」

「金持か」

「かわせみの帳場に一年や二年、滞在出来そうなほどの金をあずけてあるんだ。だからといって金持とは決められないが……」

「ひょっとして泥棒じゃないのか。上方で悪事を働いて東京へ逃げて来た。ほとぼりが冷めるまでじっとしている」

「あんな殿様みたいな泥棒がいるかな」

「泥棒がわたしは泥棒でございますといった恰好をしていると思うか。芝居じゃあるまいし、まっ黒けの着物に手甲脚半、豆絞りの手拭で頬かむりして、はい、こんばんは、泥棒でございますとやって来るわけないじゃないか」

珍らしく凜太郎がねばって麻太郎は閉口《へいこう》した。

ただ、凜太郎の思いつきが捨て難くて、その夜、バーンズ先生夫妻やマギー夫人といつものように食後のお茶を飲んでいる際、高市新之助の話をした。

早速、反応したのはマギー夫人で、

「あの方のことなら憶えていますよ。男前からいえば麻太郎にかないませんけれど、上品で、おっとりしていて、さしずめイギリスなら由緒正しき古城の君主みたいな風格がありましたもの。日本にだって一昔前《ひとむかし》までは立派なお城があちこちにあって……あら、日本のお城は新政府が取りこわさせているって。冗談じゃない。お城は日本の文化ですよ」

と大演説が始まった。

バーンズ先生は凜太郎説に同調であった。

「大体、人は見かけによらないものだよ。いつもぱりっとした服を着て、どこの国でも紳士で通用しそうな奴が、とんでもない詐欺師だったなんてのはよくある話じゃないか。特に女性はみかけの良さに惑されやすい。金時計の鎖をちゃらちゃらさせたり、色のある宝石の指輪を両手に嵌《は》めて、これ見よがしな連中には用心が肝要だ。本物の紳士はむしろ地味な服装《なり》をして、その代り靴には金をかける。踵《かかと》のすり減った不細工な靴をひきずっているような奴はジェントルマンじゃないね」

「あの人はどた靴なんか履いていませんでしたよ。絣のお召物に結城の袴、下駄だっておろし立てのようだったし……」

マギー夫人の声がひときわ高くなり、これ以上、論争を続けると姉弟喧嘩になりかねないと承知しているたまき夫人がテーブルの上の茶道具を故意に音を立てて片付けはじめ、麻太郎が手伝いに立ち上るとこの日の団欒はそこで幕となった。

けれども、麻太郎は高市新之助という男が気になっていた。

それは金持とか身分がいいかどうかなぞという問題ではなくて、どこか得体の知れないところのある新之助にこれ以上、ふり廻されるのは好ましくないと感じていたし、うっかり踏み込むと底なし沼にはまる危険があるような感触を持っていたからであった。

しかし、今はそれを口にするべきではないと思ってもいた。

なんにしても、その夜のバーンズ診療所はいつもと変りなく穏やかな一日を終え、各々が安息の時間へたどりついた。

だが、一夜があけて、バーンズ診療所がいつもと変らぬ活気のある朝を迎えて間もなく、いつも新聞を配達に来る少年が真青な顔をして診療所の玄関を激しく叩いた。

ちょうど待合室のカーテンを開けていたたまき夫人が出てみると少年は唇を慄わせ、途切れ途切れにこういった。

「犬に襲われた……助けて、俺は何もしていない。助けて下さい。先生……」

あっけに取られて前方を眺めたたまき夫人の目に映ったのは、どこから来たのか二頭の野犬が唸り声を上げながら、地上にころがっている黒い物体の奪い合いをしている有様であった。

四

外の騒ぎを聞きつけて、バーンズ診療所から麻太郎がとび出して行き、続いてバーンズ先生が、

「なんだね、どうかしたのかね」

こちらはすこぶるのんびりした口調で、目の前のたまき夫人に訊ねた。腰が抜けたような新聞配達の少年を抱えるようにしていたたまき夫人が返事をする前に、マギー夫人がステッキを握りしめて顔を出した時には麻太郎が野犬を追い払い、黒い小さなけものを抱き上げていた。

「猫かと思ったら、違いますね。もしかすると黒貂《くろてん》かも知れない」

「おいおい、この国には黒貂が棲んでいるのかね」

バーンズ先生がのぞき込み、マギー夫人が叫んだ。

「よしなさい。嚙まれたら大変ですよ」

「大丈夫です、随分、弱っていますから」

けものの口を上下から押えたまま麻太郎が答えた。

「袋を取って来なさい、なんでもいい、丈夫な奴を……」

バーンズ先生の指図に、たまき夫人が家へ走り込み、すぐに大きな麻袋をひきずって来て、

お騒がせ者はすみやかにその中に放り込まれた。ぞろぞろと五人が診療所へ入り、麻太郎は少年を診察室へ連れて行って、どこか嚙まれていないかと調べたが、幸い、かすり傷もなかった。恐怖の余り、口もきけなくなっている少年にたまき夫人が水を飲ませ、訊いてみると新聞配達はバーンズ診療所が最後とのことで、

「まあ、少し、休んで行ったらどうかね」

と勧めたバーンズ先生に丁寧に頭を下げ、蒼惶《そうこう》として帰って行った。

黒い小動物は庭の木につながれ、麻太郎が敷いてやった筵《むしろ》の上にうずくまっていた。

「こいつは、どこかで飼われていたのじゃないかな」

たまき夫人が運んで来た紅茶を飲みながらバーンズ先生がいい、麻太郎は、

「おそらくそうでしょう、まだ子供のような感じですね」

思いついたように立ち上って居間を出て行くと、間もなく半紙に、

貂の仔を紛失された方は当診療所が
保護しています　　バーンズ診療所

と書いたのを玄関の扉の外側に貼りつけて来た。

「飼主が、うまくうちの張り紙を見てくれるといいのですけれど……」

たまき夫人はしきりに心配していたが、やがて診療開始の時間が来て、いつものように患者が押しかけ、バーンズ先生も麻太郎も、マギー夫人も、迷子の貂の仔どころではなくなってしまった。

一日が終っても、貼り紙を見て訪ねて来た人はない。

「夜の中に雨でも降るとかわいそうだから」

と、たまき夫人がいい、麻太郎は思いついて深川の長寿庵へ出かけた。長助に頼んで、深川の材木問屋からはんぱな材木でもあったら安く分けてもらえないかと相談すると二つ返事で自分が知り合いの店へ行って来るという。

「若先生がお出でなさるまでもございません。蕎麦でも召し上って待っていて下せえまし」

返事も待たずに飛び出して行った。

長助の女房が酒を運んで来て、

「お久しぶりじゃございませんか、若先生、まあ、お一つ」

と盃を持たせ、酌をしてくれる。築地から深川までまっしぐらにやって来て咽喉も渇いていれば、腹も空いていた。

祖父の代から遠慮の要らない間柄なので、麻太郎は天麩羅蕎麦で軽く酒を飲み、釜場が一段落した長吉と世間話をしていると、大きな麻袋に板切れだの角棒だのをぎっしり詰めて長助が戻って来た。

「何にお使いなさるか知りませんが、こんなもので足りますかね」

と訊かれて麻太郎は大きく合点した。

「充分だよ。もったいないくらいだ」

財布を取り出そうとするのに、長助が笑い出した。

「冗談じゃねえ。こんな木片《こつぱ》、無料《ただ》に決ってまさあ。せいぜいが風呂の焚きつけに近所の内儀さんが貰って行くんで二束三文にもなりやあしません」

お役に立つようならお屋敷までお持ち申します、というのを無理に断って、麻太郎は麻袋を肩に長助一家に見送られて長寿庵を後にした。

「お前さん、まるで昔の若先生が戻って来なすったみたいだねぇ」

おえいが涙声でいい、長助は拳固《げんこ》で鼻をこすった。

「俺達が年齢《とし》を取るわけだなあ」

そうした夫婦の感傷がなんとなく解っている麻太郎は永代橋へ向って折れる道の角で一度ふりむいて、店の前に立っている長助夫婦に大きく手を上げ、頭を下げてから急ぎ足で築地へ帰った。

バーンズ診療所ではマギー夫人とたまき夫人が額を集めて相談をしていた。麻太郎を見ると、

「お腹が空いていると思うので、何かやりたいと思うのだけれど、御飯に鰹節をかけたらと

いったら、リチャードが猫じゃあるまいしと笑うので……」

迷っている最中だと訴えられた。

「御飯に鰹節で充分ですが、昨夜のスープに使った鶏の骨の殻《がら》がありませんか」

たまき夫人が狼狽した。

「あれはもう、ごみ箱に……」

中腰になるのを制して麻太郎は自分で拾いに行き、裏庭の石の上へおいて、もう一つの石を使って叩き潰した。それを拾い集めてマギー夫人が出して来た欠け鉢の中へ残飯と一緒に入れてかき廻した。

迷い子の貂の仔は木につながれたまま、ぐったりしていたが、麻太郎をみると小さな唸り声を上げ、毛を逆立てる。

「まるで猫みたい……」

のどかな声でたまき夫人が笑い、麻太郎は飛びかかられないように用心しながら鉢を前においてやった。

けれども、貂の仔は唸り続けるだけで食べようとはしない。

「我々が居ないほうがいいでしょう」

麻太郎がたまき夫人をうながし、素早く庭からベランダを抜けて家の中へ入った。

ガラス戸越しにカーテンを少し開き、窓から窺っていると、暫くは唸り続けていた貂の仔が漸く警戒を解いたのか、それとも空腹に耐えかねたのか、そろそろと鉢に近づき、鼻を押しつけ、がつがつと食べはじめた。

マギー夫人とたまき夫人が右手をぶつけ合って声を立てずに大笑いし、麻太郎はバーンズ先生を呼びに行った。

四人の人間が見守る中で貂の仔は鉢の中のものを残らず平らげ、再び、筵の上で丸くなって眠った。

それがきっかけになって貂の仔はバーンズ先生のリビングの庭に棲みついた。

集めた木片を使い、小半日かかって麻太郎が造り上げた犬舎の中に古毛布を敷いてやると、さんざん臭いをかいで納得したものか、その中に入って寝るようにもなった。

この庭は外との境目は煉瓦を積んだ塀で遮断されているので野犬なぞが入り込む怖れはないが、たまき夫人とマギー夫人が悩まされたのは臭いであった。

もともと野生動物なので独特の臭気がある。

ベランダ側のカーテンは厚手の織物なので、それを引いておけば、殆ど臭気を感じなくなるものの、一日中、部屋が暗くなるし、といってランプを点《つ》けるのも如何なものかと思える。

「何、その中《うち》に女どもの鼻が馴れて来るさ」

とバーンズ先生は暢気《のんき》だが、麻太郎が案じているのは、その日の風向きによっては診察室のほうまで臭気が流れて来るので、患者によっては神経をとがらせるのではないかということであった。

一番、望ましいのは貂の仔の飼主がバーンズ診療所の張り紙をみてくれることだが、その飼主が必ずしも築地界隈に居住しているとは限らない。

あれやこれやと考えて途方に暮れている麻太郎の耳に救いの神の声が聞えた。

「麻太郎さん、源太郎さんが見えましたよ」

階下からたまき夫人が呼び、麻太郎は部屋をとび出して階段をかけ下りた。

畝源太郎は両手に同じような包みを一つずつぶら下げて、たまき夫人にその一つを渡している。麻太郎を見ると、とろけそうな表情でいった。

「源次郎のお七夜でね。いや、お七夜はもう過ぎたんだが、花世さんがかまわないから赤飯をくばれというんで、今日、大内先生の事務所の仕事が終って、手近かな所からお袋の店と長助の所と三軒目がバーンズ先生。明日は狸穴の方月館診療所へ行く予定なんだ」

傍で聞いていたたまき夫人が笑い出し、慌てて礼をいう。

で、麻太郎が、

「明日、狸穴へ行くといって、大内先生の所は休めるのか」

と訊くと、

「そいつが駄目なんだ。なにしろ、忙しい時期でね。今夜も朝まで徹夜だ。チビが夜中に何度も乳をせびってピイピイ泣くだろう。とてもじゃないが寝てはいられないよ」

げっそりした顔で首をすくめる。

「しかし、君が乳を飲ませるわけじゃないだろう。なんなら先生にお願いするから、わたしの部屋へ泊らないか」

麻太郎がいい、たまき夫人も勧めた。

「そうなさい。源太郎さん、いくら若くて元気でも人間には限りがありますよ。あなたが体を悪くしたら大変なことになりますからね」

「有難うございます。御心配をかけてすみません、ですが、やっぱり花世の傍についていてやらないと。誰の子でもない。俺の子を産んで育ててくれているのですから……」

細くなった眼を更に細めた。

「みんながいうんです。源次郎はわたしにそっくりだと……」

「源次郎ちゃんというんですのね」

「そうです、父の祖父の名を貰いました」

「まあ、いいこと。お幸せね」

「幸せです。勿体ないくらいに……」

改めて麻太郎にいった。

「すまないことばかりだが、明日、もし仕事が早く終ったら、わたしの代りに……」

「その赤飯の一つを狸穴へ届けろというんだろう」

狸穴の方月館診療所には花世の父の麻生宗太郎がいる。

笑っている麻太郎とうつむいた源太郎を等分に見て、たまき夫人がいった。

「大丈夫、麻太郎は行きますよ、診療はリチャードにまかせておきなさい。日頃から麻太郎を酷使しているのですもの。狸穴のお父様、お母様だって、麻太郎が行けばどんなに喜んで下さるか。たまには親孝行をしていらっしゃい」

麻太郎が頭を下げた。

「では、お言葉に甘えて、午すぎからでも……」

源太郎が涙ぐんだ眼で麻太郎を見、麻太郎はその友人の肩を軽く叩いた。

五

翌日、麻太郎は早起きしてバーンズ診療所の前庭にある花壇に水やりをした。

空はよく晴れていて、気温はそれほど上っていないが、陽光が燦々《さんさん》とふりそそいで、如何にも春到来の趣きがある。

どこかで自分を呼ぶ声がしたと思い、顔を上げると居留地へ向う道を二人の男が走って来る。一人は畝源太郎、もう一人は高市新之助で、麻太郎が少々、意外に思ったのは見るからにのんびり、おっとり型の殿様然とした新之助が息を切らし、なりふりかまわずといった様子で近づいて来たからである。

おまけに麻太郎を見るなり新之助が、

「黒太郎が保護されていると申すは真《まこと》か」

と叫んだからで、そう言った当人もはっと気がついたようで、すぐ、

「その張り紙にある貂の仔はまだ居りますか」

といい直した。その傍から源太郎が、

「まさか、逃げてしまったということはないだろうね」

心配そうに訊く。

「逃げるものか。大飯を食ってよく寝ているが……」

肩で大きく息をしている新之助を眺めた。

「貴方が飼い主でしたか」

「どうして分った」

不思議そうに新之助が反問し、麻太郎は、

「いや、そう聞くと、なんとなくお似合いのような感じがしたので……」

苦笑して診療所の扉を開けた。

「どうぞ、お入り下さい」

先に立って廊下の突き当りからベランダへ続く扉を開けた。

新之助がせかせかとついて来ると、寝ていた貂の仔が起き上り、なんともいえない声を上

げた。

「黒太郎」

麻太郎を押しのけるようにして新之助が走り寄り馴れた手付きで首の後ろを摑んだ。

ガウン姿で出て来たマギー夫人が麻袋をさし出すと、

「これに入れるのですか」

と躊躇《ちゅうちょ》する。

「早く、お入れなさい。また逃げたら厄介ですよ」

マギー夫人がせき立てたが、新之助は、

「もう、お姫《ひめ》が来る筈で……」

外のほうへ首をのばしている。

確かにがらがらと車輪の音がして診療所の前に人力車が停った。

開けっぱなしのままの玄関から、

「お兄様……お兄様」

若い女の声が聞え、新之助が悠々と応じた。

「大丈夫、捕えたぞ」

そこへ集っていたバーンズ診療所の人々に恐縮そうに告げた。

「妹なのです。黒太郎は妹が飼っていて……」

当人がやや恥かしげに兄の傍に並んだ。

「一条結子《ゆいこ》と申します」

丁寧に頭を下げてから、庭へ、

「黒太郎」

と呼ぶ。貂の仔が跳躍し、それを少女が抱いた。

「悪い子ね、皆様にお詫びをしなさい。おさわがせして申しわけございません」

白い、小さな手で頭を押されて、貂の仔は神妙にうずくまっている。

「いったい、どうしたのだ。マイヤーズさんの所へ行ったのではなかったのか」

新之助に問われて、一条結子と名乗った少女は首をすくめた。

「ごめんなさい、お兄様。マイヤーズさんがどうしても黒太郎を見たいとおっしゃったから……」

「連れて行ったのか」

「はい。でも、そうしたらマイヤーズ夫人がこんな美しい毛並の仔がもう十匹も揃ったら、すてきなケープが出来るのになんて、ひどいことを……」

「なんだと……」

「黒太郎はマイヤーズ夫人の言葉が分ったんです。それで逃げ出して。居留地は広いからいくら呼んでも返事がないし、探して探して困り切っていたら、巡廻のポリスさんがこちらの診療所の張り紙を見たと教えてくれて……」

改めて一座の人々に礼をいった。

「おかげで黒太郎は無事でした。本当に有難うございます」

「お姫……」

と新之助が一条結子を呼んだ。

「其方《そなた》は肝腎なことを忘れて居る。そもそも黒太郎が逃げた、探してくれと頼んだのは、このわたしであろう。わたしは早速、探索の名人、畝源太郎君に協力を求め、源太郎君の力でこちらの診療所へたどりついたのだ。順序正しく、きちんと御礼をいいなさい」

源太郎が慌てて手を振った。

「いや、わたしは何もしていませんよ。ただ、ついて来ただけで……」

わあわあと礼やら釈明やらが終って、貂の仔は結子が持参した仔犬用の首輪をはめられ、同じく犬用の曳き綱でひっぱられて、待たせてあった人力車に同乗し、

「お兄様、それじゃあお先に……」

と帰って行った。

畝源太郎も例によって女房と赤ん坊の待つ家が気がかりで、こちらもあたふたと去って、結局、新之助だけが麻太郎やバーンズ先生一家と診療所へ引き返す。それが診療開始時間ぎりぎりで、マギー夫人が手ぎわよく受付をし、バーンズ先生と麻太郎は診療にかかった。新

之助はといえば、

「すまないが、少々、疲れた。君の部屋で休ませてもらっていいか」

と二階の麻太郎の部屋まで上って行く。

で、麻太郎はたまき夫人に、

「申しわけありませんが、あちらも朝食がまだではないかと思いますので……」

と頼み、たまき夫人は、

「大丈夫、まかせておきなさい」

気易く引き受けた。

とりあえず患者は麻太郎が応対し、バーンズ先生が先に食事をし、それから麻太郎が代るという順序で診療が進み、一日が終る。赤飯は結局、バーンズ診療所で消化された。

二階へ上ってみると新之助の姿はなく、ベッドはきちんとベッドカバーがかけてあり、シーツと枕カバーまで取り替えてあった。

で、階下へ行き、たまき夫人に訊いてみると、

「実はお午すぎにあちらが下りて来て敷布と枕布の新しいのをとおっしゃるので、それなら、わたしが取り替えますからと申し上げたのですけれど、強引に持って行ってしまって……。どうせ、男の人のすることでどんなふうになっているか知れたものではないと見に行ったら、まあ、女の私がきまりが悪くなるほどきちんとしているでしょう。もしかすると、あちらさ

んは横浜あたりの洋館で働いていたことがあるのかも知れませんよ」

という。おまけに、

「リチャードも麻太郎も仕事中のようなので挨拶なしで行くけれども、くれぐれもよろしくお伝え下さいって丁寧にお辞儀をしてね」

なにをいう暇もなく、去ってしまったと、すまなさそうにいった。その上、

「いったい、あちらはどういう御方なんですか、麻太郎さんは何か訊いていますか」

と問われて絶句した。

もともと、麻太郎が高市新之助を見たのは「かわせみ」で、あの折、お吉が喋ったことを思い出せば、父親は京の公卿で、母方は京都所司代につとめていた家柄であり、高市の姓は母方の実家の養子になった故だといった程度で、それも考えようによっては胡散臭《うさんくさ》い。

で、たまき夫人には何も返事が出来ないままに外出し、大川端の「かわせみ」へ行った。

いつものように、るいの居間へ落付いて嘉助を呼んで宿帳を見せてもらったが、この前に確認した通り、住所は京都の中御門大路、身許保証人が番町の小野清麻呂とあるだけで他になんの手がかりもない。

「あの御方が、どうかなさいましたの」

るいに訊かれて、麻太郎は止むなく貂の話をした。

「妹が一条結子というのですから、あいつの本名も一条かも知れません」

「一条様なんて、お公卿様のような苗字ですね……」

るいが気がかりそうに麻太郎へいった。

「麻太郎さん、その方にお金でもお貸しになったの」

「いや」

「バーンズ先生のほうに迷惑をかけられたとか……」

「別に、そういうわけではありません」

貂の一件では少々、面くらったが、どうというほどのことでもない。

「なんだか風のようにやって来て、風のように消えてしまった男ですね」

軽く首をひねって、麻太郎はるいが淹《い》れてくれた煎茶を旨そうに飲んだ。

高市新之助に関する話題はそれきりであった。

麻太郎の日常は相変らず多忙であったし、いつまでも風来坊のような男のことを気にかけている余裕はない。

月が変って間もなくの日曜日、麻太郎は狸穴へ出かけた。

義父の神林通之進から手紙が届いて、別に急用ではないが、話したいことがあるので余暇の出来た時に訪ねて来るようにと書かれていたからで、この季節にしてはめっきり春めいて、ここ数日、診療所へ来る患者の中には気の早い花だよりを持ち込む者も少くなかった。

「麻太郎は心がけがよいから、お天気の神様が御褒美を下さったのですよ。こんなきれいな青空は久しぶりではありませんか」

マギー夫人が大袈裟に喜んで、昨日の中に取り寄せておいた木村屋の餡パンと買いおきのフランスワインを、

「これをお土産に持って行きなさい」

と持たせてくれた。

さわやかな風を頬に受けて、麻太郎は健脚にまかせて築地から新橋を通って狸穴まで一息に歩いて行った。

驚いたのは方月館診療所の前に、父の通之進、母の香苗、それに麻生宗太郎までが揃ってこっちを眺めていたからで、気がついて走り出した麻太郎に、

「危いから、走らないで……」

麻太郎が子供の時とそっくりな口調で香苗が叫ぶ。

その声が聞えたのか、門の内側から宗太郎の弟の天野宗三郎までが顔を出した。

賑やかな出迎えに囲まれて麻太郎は方月館の両親の住居《すまい》のほうへ入った。

「よく出かけられたな、バーンズ先生の所は相変らず忙しいのだろう」

通之進が好々爺の表情でいい、麻太郎は少年の日と同じように胸を張って、

「おかげでいろいろと勉強させて頂いています」

と答えた。

おとせが茶を運んで来て、きなこ餅が出来ていますが、すぐお持ちしてよろしゅうございますか、と訊いている。

麻太郎が目を輝かした。

「築地から飲まず食わずで来たんです。腹が減って目が廻りそうだ」

伊賀焼の大鉢に盛られたきなこ餅が取り皿と共に運ばれて、麻太郎が、

「義父上《ちちうえ》も召し上りますか」

と訊き、

「当り前だ。其方が来るのを待ちかねていたのだぞ」

日頃の謹厳さを忘れたように通之進が応じる。

「やあ、これは旨そうですね」

宗太郎、宗三郎の兄弟が加わって賑やかな昼餉が始まった。

それが一段落して、

「麻太郎は意中の娘が居るのか」

話の続きのように通之進が問い、麻太郎は絶句した。

「その顔では居らぬようだな」

通之進が満足そうにうなずき、改めていった。

「実は、縁談があるのだ。今日、呼んだのはそのためでな」

麻太郎がきなこ餅を飲み込み、あたふたと茶を飲むのを一座の人々が温かな目で眺めている。

陽の当っている庭の池で雀がしきりに水浴びをはじめ、方月館診療所は早春の気配に包まれた。

新しい旅立ち

狸穴の方月館診療所から麻生宗太郎が「かわせみ」へやって来たのは、神林麻太郎の縁談についての相談と報告のためであった。

「本当は通之進どの御夫婦がお揃いで、おるいさんに話をといわれたのですが、それでは事《こと》が大袈裟になって麻太郎君が困惑するのではないかと考えて、とりあえず、わたしが代表で出て来たようなものです」

ついでに畝家へ寄って赤ん坊の顔を見て来たと宗太郎がいい、るいが眼許をゆるめた。

「大きくおなりになって、驚かれましたでしょう」

「だいぶ、おるいさんに御厄介をおかけしているそうで、何分、親が行き届かない分、おるいさんのお世話になっているのがよく分りました。毎度のことながら申しわけありません」

「水臭いことをおっしゃらないで下さいまし。御近所なのですもの。それに、出来るほどの

お手伝いで、嘉助もお吉も何かと口実を設けて赤ちゃんの御様子を見に行くのを楽しみにして居りますの。笑ったお顔が宗太郎様そっくりだとか……」

「そりゃあまずいな。年頃になると若い女にちやほやされて、ろくなことを仕出かさない」

「まあ、胸におぼえがおありなのですね」

長年、気心の知れた間柄で、年齢《とし》のせいもあり、るいと宗太郎が冗談をいい合いながら居間へ落付くのを、嘉助もお吉も笑顔で眺めている。

けれども、やがて茶菓を運んで行った若女中頭のお晴が戻って来て、

「どう致しましょう、お話が築地の若先生の御縁談のことらしゅうございます。すぐ、晩の御膳をお運びするのは如何かと存じますが……」

と訊きに来て、二人の老奉公人は顔を見合せた。

「まだ時刻も早いし、もう少ししたら、わたしがさりげなく御様子を見に行くから、それまでは待ちなさい」

嘉助が判断し、お晴は台所へ去ったが、俄然、お吉は落付かなくなった。

長年、庄司家に奉公して、庄司家の一人娘であるるいが「かわせみ」を開業するに当って、当然のように「かわせみ」の女中頭となって今日まで来た。

つまり、お吉の一生は、ほぼ、庄司家のお嬢さんと共にあったので、そのお嬢さんの恋人で後に旦那様となった神林東吾をお吉も嘉助も若先生と呼んで、庄司家のお嬢さんのお聟様

と大切に思って来た。

実際、神林東吾の若先生は、るいと同様にその幼い日から見知っていたし、お嬢さんの聟君になってからは、お嬢さんと同じようにお吉を嘉助と共に親愛の情を持って遇してくれた。

そして、それは若先生が二代目、即ち神林麻太郎になってからも変ってはいない。

けれども、麻太郎が結婚するとして、その相手はどういう女《ひと》であれ、それはもう、自分にとって見知らぬ人、文字通り赤の他人だと思う。

それが、お吉にはどうしようもないほど悲しくてならなかった。そんなふうに考えるのは間違っていると、お吉自身も気がついている。それでも理屈でなく、お吉の心は切《せつ》なく淋しく、うちひしがれてしまうのであった。

なにしろ、正直な人間で心に思うことがすぐ顔に出るので、若い奉公人は別にしても嘉助にはすぐ気付かれてしまった。

「お吉さんよ、どうした。馬鹿にしょんぼりしてるじゃないか」

と嘉助に声をかけられて、お吉は思わず本音を口に出した。

「番頭さんは、なんとも思わないんですか」

「何がだよ」

「若先生が……麻太郎坊っちゃまがお嫁さまをお迎えなさるって話があるんですよ」

「聞いてるよ」

「どう思います」

「どうって……めでてえ話じゃないか」

「へええ、そうですか」

「お吉さんは、めでたくないってのか」

「そうじゃありませんけど……」

「じゃあ、何だってんだ」

「いいですよ。男の人は鈍感だから、話したって分りゃあしない」

「分らねえよ。分からねえから、話してみろといってるんだ」

「いいませんよ。いったって分らない人にいうだけ損だ」

「なんだと……」


足音荒く、お吉が台所口へ続く暖簾の奥へ去り、嘉助は煙草盆をひき寄せた。ゆっくりと刻み煙草を煙管《きせる》につめて一服する。

麻太郎は「かわせみ」の入口の障子格子のむこうに立って、お吉と嘉助のやりとりを聞いていた。お吉が台所へ去る足音と同時に後戻りをして大川端から遠ざかる。

理由の一つは、自分が今、入って行けば勘のいい嘉助なので、麻太郎が自分達の話を立ち聞いたのではないかと心配するに違いないと思ったからで、もう一つは話の内容があまりにも的《まと》を射ているのに、麻太郎自身、当惑した故である。

足早やに築地へ戻りながら麻太郎は改めて自分の縁談が思った以上に進んでいるらしいのを再認識した。

それは困るというのが本音だと思う。

医者としてまだ学ばねばならないことが数多くある。そのためにはもう一度、留学したいと考えていて、バーンズ先生には話してあったし、先生も賛成してくれている。具体的にならないのは、留学先を麻太郎はイギリスといったのに対して、バーンズ先生がアメリカのほうがよくはないかといわれた故である。

「勿論、イギリスでもよいし、君にとっては馴染のある国のほうが何かと都合がよいかも知れない。しかし、この所、わたしが入手している情報ではアメリカの医学の進捗《しんちょく》ぶりは目ざましいものがあるようだ」

バーンズ先生が机のひき出しから取り出して渡してくれたのは、バーンズ先生の弟、フィリップ・バーンズからの手紙であった。

彼は外交官で、日本に赴任していたこともあり、そもそも、麻太郎がイギリスに留学する際船中で知り合い、長い航海の間、夫妻揃ってまことに親切にしてくれた。

その縁もあって帰国した麻太郎はバーンズ診療所で働くことになったので、麻太郎にとっては恩人であり気心も知れていた。

そのフィリップ夫妻が、今、ワシントンに居住している。

英文の手紙は簡潔にアメリカの医学界の現状を説明し、もし、麻太郎にアメリカ留学の希望があれば力になれると書いてあった。

麻太郎としては大いに心が動いている。

居留地の入口が見えて来た所で麻太郎は足を止めた。思いがけなかったのは、麻生宗太郎が居留地の入口にある門番小屋の番卒に挨拶して出て来たからで、宗太郎のほうは早くから麻太郎に気がついていたらしく軽く手を上げてとっとと近づいて来た。

「叔父上、かわせみにいらしていたのではありませんか」

思わずいってしまって、麻太郎は困った。

自分も「かわせみ」へ行き、たまたま、嘉助とお吉の会話を立ち聞きして、そのまま帰って来たというのは、なんとなくうしろめたく、出来れば宗太郎に知られたくないと思っていたのにもかかわらず、自分から白状してしまったようなものである。

だが、宗太郎はそれについては何も触れず「狸穴の義兄上《あにうえ》がおっしゃったのだよ。麻太郎君の縁談の話なら、何をさておいても、おるいさんの耳に入れるのが順序だとね。それで、旨い晩飯にありつけると内心、喜んでいたら、どうやら麻太郎君が来て、我々に遠慮して帰ったようだと嘉助がいうから、人力を頼んで追いかけて来た。ついでに一緒に飯を食おう」

麻太郎の返事を待たずにずんずんと先へ行く。この叔父の、こういうところが麻太郎は好きであった。

連れて行かれたのは銀座煉瓦街に最近、出来たという洋食屋で麻太郎は初めてであったが、宗太郎はこの店の主人であり料理人でもある人物とかなり昵懇のように見えた。

献立はその日その日で決っているが何か注文があればと訊かれて、麻太郎は鯖以外ならなんでもと答えた。

「麻太郎君は鯖が苦が手か」

注文が済んで料理人が厨房へ去ってから宗太郎が嘆声を上げた。

「君の父上も鯖嫌いだったよ。おるいさんが気をつけていたから、かわせみの食膳に鯖が出ることはなかったが……」

麻太郎がうなずいた。

「狸穴の義父上《ちちうえ》は鯖がお好きですよ。時々、義母上《ははうえ》に御注文なさっていました。ですが、わたしは何故か食わず嫌いということになっていて……」

「実際、好きではないのだろう」

「まあ、そうです。義母上は鯖は当ることがあるから食べないほうが良いとおっしゃいましたし……」

「召し上っていたのは、義兄上だけか」

料理人とは別に黒服を着た男がやって来た。

風貌からして外国人である。

「いつもので、よろしいか」

と外国訛りの日本語で訊き、

「甥っ子は間もなくむこうへ行くんだ。とっときのを開けてくれ」

と応じた。

心得て黒服が去り、麻太郎は物わかりのよすぎる叔父に訊ねた。

「まだ、詳細は決っていないのですが……」

「決ったよ。バーンズ先生の所には大使館経由で明日、知らせが行く。もしかするとフィリップ君からの電信がもう着いたかも知れない」

「どちらの国ですか」

「欲ばった話になったようだぞ。まず、イギリスへ行き、二年後、アメリカへ直行する。となると、まず五年は帰国出来ないな」

場合によってはそれ以上になる可能性もあると宗太郎は、少々、詠嘆といった口調になった。

「わたしには有難い話ですが、狸穴の両親のことが、正直、心配です」

いつまでも若々しいと周囲を驚かせてはいるものの、老齢には違いない。

「幸い、今のところ、お二人共、壮健だ。わたしも傍にいる。充分、気をつける心算だ」

君が羨しいよ、と宗太郎は屈託のない笑顔をみせた。

「わたしが若ければ、君をだし抜いて出かけるところだ」

「叔父上と御一緒なら、わたしも力強いのですが……」

それは麻太郎にしても本音であった。イギリスから帰って来てバーンズ診療所で働くようになって以来、どのくらい、この叔父の助言を受け、知識をもらったか数え切れない。

日本に居ても、常に外国から医学書を取り寄せ、麻太郎にも読ませ、医学談義に時が過ぎるのを忘れるなどというのが日常茶飯事であった。

麻生宗太郎の生きた時代の大半は、日本が国を鎖《とざ》していた。国法は日本人の海外渡航を禁止し、万一、それが発覚すれば死罪とされた。

徳川幕府が渡航を解禁したのは慶応二年（一八六六）の四月であった。

もっとも、幕府はそれ以前に遣外使節としてオランダ、ロシア、イギリス、フランスに留学生を送り、長州藩や薩摩藩もごく内密に同じく留学生と称する者を送り出しているが人数は少く、幕府をはばかっての行為なので限界が大きかった。

大っぴらに日本人が外国へ出かけられるようになったのは解禁以後で、早速、出かけて行ったのはまず商人であり、演芸などの興行や、移民などで、金儲けのため、或いは外国で一旗挙げようという渡航者が目立った。

一方、明治政府が奨励した洋行、留学は陸軍省、海軍省、工部省などの各省庁が派遣する例が中心で西洋の新知識、技術を学び、指導者を育成する目的が強かった。

但し、それらは留学というよりも視察で終ってしまいがちなのは、与えられた時間が短かった故でもあった。

つまり、本当の意味での留学には個人の資産が必要となるのだが、そのあたりを承知しているバーンズ先生の肝煎りで、外交官であるフィリップ・バーンズの招待という形を取っているから、行動は自分で責任を持つ限り、全く自由であった。

「大丈夫でございましょうか、海の向うの他様《よそ》の御国へ行って、もし危いことでもあっては……」

と義母に当る香苗は夜も眠れないくらいに心配したが、通之進は覚悟を決めていた。

「人の一生は短い。麻太郎には、おのれの望むままに生きさせてやりたい。人は必ずしも自分の思いのままの生涯を過せるとは限らぬ。むしろ、その逆の場合が多かろう。しかとした目的を持った麻太郎は幸せ者じゃ。まして、麻太郎の周辺には彼の志を全うさせようと手をさしのべる方々が幾人も居る。麻太郎の親として、これほど有難く、嬉しいことはない」

といい切り、留学に際して麻太郎が必要とする費用や持たせる金、外国暮しの間、むこうへの送金の方法など、バーンズ先生や麻生宗太郎などと相談しながら手配して行く。

大川端の「かわせみ」にしても、麻太郎から留学の報告を聞いて、早速、るいが動いた。

バーンズ診療所のマギー夫人に訊いて、麻太郎の乗って行く船はイギリス船籍なので船中の服装はイギリス式とわかると早速、居留地の雑居地域に住む陳鳳に相談した。

陳鳳は広州出身の清国人だが、仕立職として日本に定住し、彼を贔屓にするのは築地居留地に住む外国人であり、その腕の確かさから官僚から財界人まで顧客の層が厚い。

「イギリスっていえば洋服の生まれ故郷みてえなものだと聞いていますんで、むこうへお出でなすってから本場のものをお作りなさるのが一番ですが、何カ月も船暮しで、それも築地のホテルが船に化けたような案配だと聞いて来ました。正式には紋付に羽織袴ってことでしょうが、あちらさんがお召しなさる洋服の正装もお持ちになったほうがよろしゅうございましょう。若先生の鹿島《かしまだ》発ちでございます。長いことお世話になった御恩報じに一世一代、心をこめてお仕立て申します」

よくぞ自分を名指しして注文してくれたと大張り切りの陳鳳が早速、バーンズ診療所へ麻太郎の寸法を採《と》りに来て仕事にかかる。

るいは安心して、自分はもっぱら呉服屋を呼び紋付の布地をえらんで染めに廻した。

たまたま、それが麻太郎の耳に入って、

「折角の心遣いですが、わたしにはいつも着せて頂いている紋付羽織袴が一番です。あれを頂いて行きたいと思います」

と、「かわせみ」へいいに来た。

いつもは麻太郎のいうことなら、何でもうなずいて承知するるいが少し居ずまいを正して、こういった。

「あれだけは差し上げられません。貴方のお父様のお形見ですから……」

はっとして、麻太郎はるいをみつめた。

たしかに、自分の血を分けた父は神林東吾であった。しかし、母はるいではない。

実母は本所に屋敷のある旗本、清水帯刀《たてわき》の娘で琴江といい、幼い日に男に悪戯をされたのが原因で男女の交合に恐怖を持ち、その故に嫁入りが出来ないという宿命に悩んでいた。その琴江がひそかに恋していた相手が神林東吾で、結局、琴江は東吾と一夜を持つことで、無事に縁談のあった筑後柳河藩の国家老大村彦右衛門に嫁いだ。そして、その年の十二月三十日に誕生したのが麻太郎であった。

以来、麻太郎は大村彦右衛門の子として成長した。六歳の時、彦右衛門が病死し、琴江は子連れで立花左近将監の息女に奉公し、多度津へ移ったものの、主家の御家騒動を避け、麻太郎を連れて江戸へ戻る途中、品川の御殿山で非業の死を遂げた。

その折の成り行きもあり、孤児となった麻太郎を引き取り、清水家の了解を得た上で正式に養子としたのは神林通之進で、以来、麻太郎は実の親も及ばない程の通之進夫婦の慈愛の中で成長した。

無論、今は何故、神林家に自分が来たのか、その本当の理由も承知している。

神林家へ入ってからの日々は、幸せそのものであったと麻太郎は思う。

実の父が、真《まこと》は自分が父と呼んでいる人の弟であるのも、ごく自然に解って来たが、それで悩むこともなかった。

だが、その人は船と共に行方不明となり、すでに長い。

それでも神林家の人々も、るいもその人の死を認められぬまま歳月が過ぎている。

しかし、今、麻太郎に対し、るいは神林東吾の紋服をお形見といい切った。

それは何故かとは、流石に麻太郎も訊ねかねた。るいのほうもそれ以上、何もいわない。

結局、紋付袴一式は、るいからの祝い品となって、やがて仕立上ったものがバーンズ診療所に届けられた。

旅立ちの準備は着々と進み、麻太郎は渡航の手続きで公使館や外務省へ出かけることが多くなった。で、バーンズ先生一人では患者を診るのは大変ではないかと麻太郎が心配していると、或る日、荷を積んだ大八車と一緒に狸穴から天野宗三郎がやって来た。

「麻太郎君の留守中、バーンズ先生の教えを受けながら診療所の書生をつとめさせて頂くことになりましたので、何分、よろしくお願いします」

と挨拶されて、マギー夫人とたまき夫人はびっくり仰天したが、バーンズ先生はすでに麻生宗太郎と相談しての上なので、

「やあやあ、待っていたよ。君の部屋は二階でね」

といっている所へ麻太郎が下りて来て、

「この度はいろいろと御厄介をおかけします」

丁寧に挨拶して二階の部屋へ案内をして行く。

麻太郎の荷物は船積みされるものと置いて行くものとに分けられて、前者は横浜港へ、後者は「かわせみ」に運ばれている。

そして三日ばかり、麻太郎から宗三郎へ診療の引き継ぎが行われ、「かわせみ」で内輪の壮行会が開かれた。

内輪といっても、狸穴からは通之進夫婦に宗太郎、宗三郎の兄弟がやって来たし、番町からは清野凜太郎と千春の夫婦、そして、

「冗談じゃございません。あっしなんぞがそんな立派な席に顔出しするなんて滅相もない……」

と辞退し続けた深川の長助と飯倉の仙五郎を、麻太郎が出かけて行って、

「来たくなけりゃ来なくていい。その代り、もう一生、つき合わないぞ。病気になったって診てやらない」

おどしたり、すかしたりしたあげく、るいが各々へ出かけて行って、

「なにも固苦しいことをするわけではありません。麻太郎さんの旅立ちをお祝いしての集りですから、お二人が来て下さらなかったら、誰よりも麻太郎さんが寂しくお思いになりますよ」

と説得すると半泣きになり、当日は手伝いということで参加するのを内心、大喜びで承知

した。

当日は夕方から、バーンズ先生夫妻と、マギー夫人を伴って麻太郎がやって来る。続いて狸穴からの一行が到着し、清野凜太郎と千春の夫婦が一足遅れて顔を見せる。続いて畝源太郎と花世が赤ん坊を源太郎の母にあずけて参加した。すでに仙五郎と長助は朝から「かわせみ」に来ていて、紋付袴の上から「かわせみ」の名入りの半天を着て、帳場の脇に並んでいる。

その夜の「かわせみ」は、

「まあ長生きはするものでございますね。こんな立派な方々がお揃いになって、麻太郎坊っちゃま、いえ、若先生のお旅立ちのお祝をなさるなんて、冥利《みょうり》に尽きるとはこういうのを申すのでございましょう」

とお吉が繰り返し、嘉助は麻太郎の姿を飽くことなしに見守って、心の内で、

「まるで、昔の若先生を見るようだ」

と吐息を洩らしている。

送別の宴は夜更けまで続き、源太郎と花世、バーンズ先生夫妻とマギー夫人、清野凜太郎夫婦に長助、仙五郎は各々、帰宅したが、麻太郎と狸穴組はそのまま「かわせみ」に泊った。

翌日は通之進夫婦と共に、宗太郎とるいが横浜まで同行することになった。

普段、あまり遠出をしないるいのために是非、横浜見物をさせたいという宗太郎の意向の

故だと、るいは聞かされていたし、麻太郎もそのように思い込んでいたが、波止場まで来ると思いがけない顔が待っていた。

「高市新之助君じゃないか」

麻太郎が駈け寄り、高市新之助は少しばかり照れ臭そうな笑顔をみせた。その背後に妹の結子が旅支度といった装いで、麻太郎に会釈している。

「実は、君にあやまらなければならないことがある。すでに、君の御両親には内々にお目にかかり、事情を聞いて頂いてはあるのだが、君にはじかに話をするようにとおっしゃられて……。気はせいたのだが、妹の急な渡航の準備に時間を取られて……」

まず、詫びのほうから先にいうと白皙の顔を赤らめながら話し出した。

「わたしの本名は一条道明《みちあき》。高市新之助というのは乳母の悴の名前を借用した。理由は一つには公卿の暮しが窮屈で、やり切れなくなったので、せめて家督を継ぐまで好き勝手がしたかった。僅かでも世間を知りたかったといえば気取りすぎだと笑われるだろうが……」

麻太郎が首を振って苦笑した。

「すると、君は華族様か」

明治二年（一八六九）の一月、薩摩、長州、土佐、肥前の四藩から土地と人民を天皇に返還する願いが出された。

即ち、土地は版、人民は籍で、版籍奉還であり、藩を廃し、その代りに県を置くことで王政復古を具体化したものである。

六月、新政府は諸藩の版籍奉還を見届け、改めて旧藩主を知藩事に任命するという措置を取った。

また、これと同時に、今までの公卿や諸大名を廃して華族を創設した。

華族の中《うち》、最高位は公爵で、これは天皇より家名を頂いて華族に列した皇族と摂政、関白になれる家柄で、続いて清華家が侯爵、大納言まで直伝の例の多い堂上が伯爵。御一新までに家を興した堂上が子爵。また武家華族として徳川宗家が公爵。徳川御三家、尾張、紀州、水戸の諸家が侯爵。徳川御三卿の田安家、一橋家、清水家が各々、伯爵。徳川時代に十五万石以上の大名家が大藩知事、五万石以上は中藩知事、五万石以下は小藩知事となり、上から、侯爵、伯爵、子爵の爵位が与えられた。

なにしろ、華族の仲間入りをしたのはその他に由緒深い有名寺院の僧侶や、大神社の神職、また、琉球藩主やその一族、更に南朝の忠臣の嫡流、維新に功績のある者など、さまざまであったが、庶民からすると雲の上の人という感覚がある。

麻太郎が一条道明に対して華族様かと慨嘆したのは、そうした理由からであったが、道明のほうは面白くもなさそうな顔をしている。

「別に、君に差別される謂《いわ》れはないだろう」

「差別じゃない。みかけによらず名門の御曹子だと驚いただけだ」

「もういいよ。実は妹がこの船で留学するんだ」

「なに……」

「女のくせに、医学を志している。横浜のジョン・グレグスンというイギリス人の医者の所で三年間、働きながら医者の勉強をしたことがあり、その後も親の反対もなんのその、伝手を求めては外国からやって来る医者の所へ行って教えを受けたりした。で、とうとう親のほうも根負けしてね。ロンドン在住の父の友人に相談して、むこうの学校へ入る話がまとまったんだ。もっとも、むこうでは入学は許可しても成績が悪ければ卒業は出来ない。中途退学などというのもざらだというから果して結子がついて行けるか、家族は不安がっているんだが……」

「お兄様」

傍から結子が叫んだ。

「ぼつぼつ乗船準備が出来たみたい。乗り遅れると大変だから、私、参ります。御機嫌よう……」

兄のほうが慌てた。

「待て。こちらはわたしの友人だ。結子と同じ船でロンドンへ行かれるそうだから、何かとお願いして……」

「神林麻太郎様でしょう。私、存知上げて居ります。いつか、黒太郎をつかまえて頂いて

「……」

麻太郎がそれで気付いた。

「それじゃ、貂《てん》の騒動の時の……」

結子が口をとがらせた。

「まあ、私のこと、憶えていらっしゃらなかったんですか」

「失礼しました。なにしろ、服装が違っていたので……」

「神林様は女性を着るもので判断なさるのですか……」

「いや、そういうわけではありませんが……」

一条道明が二人の間へ入った。

「とにかく、こんなじゃじゃ馬だが、神林君、よろしくお願いする」

頭を下げた道明に、麻太郎は亡き父親そっくりの人を包み込むような笑顔を浮べた。

「わかりました。せいぜい、御機嫌を損じないように、気をつけて御同行します」

兄妹に背を向けて歩き出そうとして、麻太郎はあっと声を上げた。

「みんな、来てくれたのか」

嘉助とお吉、長助に仙五郎がなんとも肩身がせまそうに体をすくめている。

通之進が麻太郎の表情を眺めていった。

「横浜まで見送るのは、麻太郎の邪魔になるのではないかと申したのだがな。ついでに日頃、其方が厄介をかけている者達にも声をかけ、みな、喜んで来てくれた。天気は良し、波も穏やかに見える。よい船出になって幸先《さいさき》の良いことじゃ」

麻太郎が胸を張り、深く体を折って御辞儀をした。

「有難うございます。麻太郎は幸せ者です」

「体には、くれぐれも気をつけよ」

「義父上、義母上も御健勝で……」

「折々には手紙《たより》を寄越せ。楽しみに待っているぞ」

宗太郎が分厚い包みを渡した。

「おそらく不要とは思うが、万一のためだ。持って行きなさい。但し、船酔いに効く薬はないぞ」

麻太郎が何かいう前に通之進が哄笑した。

「麻太郎は船に強い筈じゃ。麻太郎の父がそうであったからな」

香苗が別の包みを出した。

「お笑いになるかも知れませんけれど、私にはこんなことしか出来ませんでしたので……」

海の神として知られている神社を廻り、神符を授って来たと恥かしそうに告げた。

「どこへ行っても、何があっても、神仏が麻太郎を守ってくれますように」

通之進がばらした。

「香苗はお百度まいりをしたそうじゃ。まあ、母の一念がこもっていると思って肌身につけてやってくれ」

ふっと麻太郎が涙ぐんだ。深夜、おそらく雨の日も風の日も、冷たい神社の石畳を跣《はだし》で踏んで祈りを捧げている義母《はは》の姿が目に浮んだ故である。

様子を見ていた一条道明が通之進に挨拶をし、通之進が「かわせみ」一行を改めて紹介した。

出港の時間が近づいていた。

船会社の社員や港の関係者などが、待っていた乗船客にその旨を告げて行く。見送人と乗船客の間で別れの挨拶がかわされ、麻太郎も一人一人に頭を下げ、声をかけ、他の乗船客に従って、一条結子と共にタラップを上って行った。

「おるいさん、むこうの土手の所のほうが出船を見送るには具合がよさそうですよ」

宗太郎が知らせに来て、るいを中心に通之進夫婦や一条道明など、集っていた者が続々と、そちらの堤へ移動した。

船では、ちょうど麻太郎が一度、船室へ入ってから、結子を誘って上甲板へ出て来た所であった。

堤の上からは全員が盛大に手を振り、麻太郎と結子がそれに応える。

出航の合図の銅鑼《どら》の音が響き渡った。

白い煙を吐いて、船はゆっくり岸壁を離れて行く。
空と海と、二つの青の中で、それは悠然と大空を舞う美しい白鳥のように見えた。

初出誌　オール讀物

「宇治川屋の姉妹」　平成二十五年九月号・十月号
「千春の婚礼」　同　十一月号・十二月号
「とりかえばや診療所」　平成二十六年一月号・二月号
「殿様は色好み」　同　三月号・四月号・五月号
「新しい旅立ち」　同　六月号

千春《ちはる》の婚礼《こんれい》　新《しん》・御宿《おんやど》かわせみ

平成二十七年一月十五日　第一刷

定価はカバーに表示してあります

著　者　平《ひら》岩《いわ》弓《ゆみ》枝《え》

発行者　吉安　章

発行所　株式会社　文藝春秋

〒一〇二―八〇〇八　東京都千代田区紀尾井町三―二三
電話代表　〇三―三二六五―一二一一

印刷　凸版印刷
製本　加藤製本

Printed in Japan　ISBN978-4-16-390187-9